LER É PRECISO

Elizabeth D'Angelo Serra
(organizadora)

LER É PRECISO
Seminário realizado no
I Salão do Livro para Crianças e Jovens da
Fundação Nacional do Livro Infantil e Juvenil

COLEÇÃO
SEMINÁRIOS

FNLIJ

FUNDAÇÃO NACIONAL DO LIVRO
INFANTIL E JUVENIL

São Paulo
2002

© Fundação Nacional do Livro Infantil e Juvenil, 2002

Diretor Editorial
JEFFERSON L. ALVES

Organização
ELIZABETH D'ANGELO SERRA

Revisão de Originais
NINFA PARREIRAS

Gerente de Produção
FLÁVIO SAMUEL

Assistente Editorial
RODNEI WILLIAM EUGÊNIO

Revisão de Texto
EDNA LUNA
MARIA APARECIDA SALMERON

Capa
EDUARDO OKUNO

Editoração Eletrônica
ANTONIO SILVIO LOPES

Dados Internacionais de Catalogação na Publicação (CIP)
(Câmara Brasileira do Livro, SP, Brasil)

Seminário Ler é Preciso (1. : 1999 : São Paulo)
Ler é Preciso / Elizabeth D'Angelo Serra (organizadora). – São Paulo : Global Editora, 2002.

"Seminário realizado no I salão do livro para crianças e jovens.
Planejamento: Fundação Nacional do Livro Infantil e Juvenil — FNLIJ
ISBN 85-260-0790-4

1. Crianças – Livros e leitura 2. Literatura infanto-juvenil – História e crítica I. Serra, Elizabeth D'Angelo. II. Título.

02-5897   CDD–809.8928

Índices para catálogo sistemático:

1. Crianças e jovens : Livros : Literatura infanto-juvenil :
   História e crítica   809.8928
2. Livros para crianças e jovens : Literatura
   infanto-juvenil : História e crítica   809.8928

Direitos Reservados

**GLOBAL EDITORA E
DISTRIBUIDORA LTDA.**

Rua Pirapitingüi, 111 – Liberdade
CEP 01508-020 – São Paulo – SP
Tel.: (11) 3277-7999 – Fax: (11) 3277-8141
E.mail: global@globaleditora.com.br

Colabore com a produção científica e cultural.
Proibida a reprodução total ou parcial desta obra
sem a autorização do editor.

Nº DE CATÁLOGO: **2365**

Ler é preciso

SUMÁRIO

SEMINÁRIO LER É PRECISO – Elisabeth D'Angelo Serra e
Ninfa Parreiras.. 9

DISCUTINDO O ESPAÇO DA LEITURA DE LIVROS
PARA CRIANÇAS E JOVENS NA IMPRENSA ESCRITA 15

    Por um caderno literário maior – Cecília Costa 17
    Jornalismo e literatura para crianças e jovens –
    Laura Sandroni 23
    Ler é preciso, divulgar é fundamental – as editoras
    e a imprensa precisam amadurecer juntas –
    Márcio Vassallo.. 31

O PAPEL DO LIVRO INFORMATIVO NA EDUCAÇÃO
DE CRIANÇAS E JOVENS 39

    O livro de não-ficção para crianças e jovens –
    Ninfa Parreiras 41
    O livro informativo – Regina Yolanda 47
    Amamentar – educar para a vida – Sônia Salviano 53
        A) Evolução da amamentação no Brasil 53
        B) O que as pesquisas científicas dizem sobre
            a amamentação 56
        C) Amplas vantagens da amamentação 59
        D) Como o leite é produzido 61

E) Como a mama funciona 62
F) Como amamentar 63
G) Por que é importante promover educação
   em amamentação 64

A NECESSIDADE DE LER BONS LIVROS 69

A leitura de bons livros de literatura:
reflexões e vivências – Marisa Borba 71

SELEÇÃO DE LIVROS PARA CRIANÇAS E JOVENS 83

Seleção de acervos de livros para
crianças e jovens – André Muniz de Moura 85
Um olhar sobre a literatura infanto-juvenil
contemporânea – Rosa Maria Cuba Riche 87

A BIBLIOTECA NA FORMAÇÃO DO LEITOR 107

A formação do leitor: um ponto de vista –
Maria Alice Barroso 109
A biblioteca e a formação do leitor –
Marina Quintanilha Martinez 115

LER É PRECISO 129

Ler é preciso assim como ser livre é preciso –
Gustavo Bernardo 131

CONHEÇA A FUNDAÇÃO NACIONAL DO LIVRO
INFANTIL E JUVENIL (FNLIJ) 139

SEMINÁRIO LER É PRECISO

Elizabeth D'Angelo Serra
Ninfa Parreiras

No marco da realização do I Salão do Livro para Crianças e Jovens, em 1999, a Fundação Nacional do Livro Infantil e Juvenil – FNLIJ – planejou com a feira de livros, os encontros com escritores e ilustradores, os lançamentos de livros, a biblioteca para crianças e jovens, um espaço dedicado exclusivamente ao debate sobre a leitura e o livro infantil e juvenil, aberto aos educadores. Este espaço, o **Seminário Ler é Preciso**, realizado com o apoio da Companhia Suzano – Papel e Celulose, aconteceu durante três dias, com seis mesas-redondas apresentadas por especialistas de literatura infantil e juvenil, escritores, ilustradores, jornalistas, bibliotecários, professores e educadores. A FNLIJ pretendia com a realização do I Salão reunir além das crianças e jovens, os adultos que são os responsáveis pela mediação da leitura. E com isso enriquecer as discussões acerca do compromisso do adulto com a promoção da leitura, organizando um seminário voltado para este público.

A história e a atuação da FNLIJ, pautadas em mais de 30 anos de experiência na promoção da leitura de livros de qualidade para crianças e jovens, permitiu a ampla reflexão proposta, desde a preocupação com a divulgação dos livros infantis na imprensa escrita, ao universo do livro informativo na educação das crianças, à seleção de livros, à importância das bibliotecas, à necessidade de se ler bons livros. Todas as mesas-redondas contaram com a presença de profissionais comprometidos com a promoção do livro infantil e juvenil e foram mediadas por profissionais da equipe da FNLIJ ou por colaboradores da instituição. Tivemos um público variado, com professores, bibliotecários, pais, autores, editores, divulgadores e estudantes de letras e de biblioteconomia.

Desde a criação do Prêmio FNLIJ, em 1974, a FNLIJ lê, seleciona, premia e resenha a produção editorial de literatura infantil e juvenil, o que permite a composição de acervos para programas de incentivo à leitura, exposições de livros, publicações destinadas a educadores e a pesquisa permanente na área do livro de qualidade para crianças e jovens, visando o estímulo à leitura crítica e criadora. Naquele mesmo ano de 1999, em que se realizou o I Salão do Livro para Crianças e Jovens da FNLIJ, o Ministério da Educação (MEC) havia contratado a FNLIJ para selecionar um acervo de 106 títulos de livros para crianças destinado às escolas públicas para o Programa Nacional Biblioteca na Escola (PNBE). Foi um momento importante para a FNLIJ que realizou um trabalho coerente com suas propostas de difusão do livro infantil e juvenil de qualidade. Todo o acervo composto de 106 títulos é fruto do trabalho de seleção que a Fundação desenvolve com o apoio de dezenas de colaboradores, membros votantes do Prêmio FNLIJ, de diversas partes do Brasil. Todos os livros faziam parte da

Seleção Altamente Recomendável da FNLIJ. Já as escolas brasileiras, com as crianças e os professores, foram beneficiadas com o acervo recebido, marcando um espaço da literatura na escola.

Passados três anos daquele seminário, reunimos alguns dos textos apresentados pelos profissionais nesta coletânea publicada com o apoio da Global Editora. No capítulo **Discutindo o espaço da leitura de livros para crianças e jovens na imprensa escrita**, resultado da mesa-redonda sobre a literatura infantil e a imprensa escrita, há três artigos que trazem ao conhecimento do leitor as dificuldades dos jornalistas em manter permanentemente resenhas de livros para crianças e jovens nos cadernos literários. Há também um importante trajeto histórico que mostra os primeiros jornais e especialistas a publicarem resenhas de livros. Qual é o compromisso do editor, do livreiro, do divulgador, do jornalista, do professor, do autor neste trabalho de divulgação do livro infantil e juvenil? Esta é uma das questões que nos provoca a leitura dos textos.

O papel do livro informativo na educação de crianças e jovens apresenta três artigos que discutem o livro de não-ficção para crianças, introduzido por Monteiro Lobato na década de 40 e muito presente no mercado editorial brasileiro nos últimos anos. O livro informativo tem atraído o interesse de editores e leitores por temas debatidos na sociedade, atendendo à demanda das escolas. Como certos temas não foram desenvolvidos nos livros informativos, há um texto dedicado especialmente ao aleitamento materno, chamando a atenção para tão delicada questão, ausente dos livros e dos trabalhos aplicados na escola.

Um único texto compõe o capítulo **A necessidade de ler bons livros**, trazendo uma gama de experiências com o livro infantil na escola, bem como comentários sobre livros de qualidade para crianças. Partindo de várias questões acerca do livro e da leitura, a autora do texto leva o leitor a uma questão comprometedora na tarefa de promoção da leitura: "que sociedade queremos construir?"

Já o capítulo **Seleção de livros para crianças e jovens** traz dois textos que abordam a importância de se estabelecer critérios na seleção de livros. São apresentados os caminhos de seleção de livros trilhados pela FNLIJ. Em outro estudo, estão presentes as tendências atuais da literatura infantil e juvenil, com uma relação entre a modernidade e a pós-modernidade.

Em **A biblioteca na formação do leitor** temos um texto reflexivo sobre o papel da biblioteca e outros dois sobre a trajetória de uma sucessão de experiências com a promoção da leitura. Nota-se que a biblioteca não pode estar fora do debate sobre livros e leitura e que o compromisso do profissional que trabalha na biblioteca é relevante nos resultados de atividades bem-sucedidas em bibliotecas comunitárias, escolares ou públicas.

O último capítulo **Ler é preciso** traz um texto sobre a liberdade e a leitura. Repensa o papel da leitura, da poesia e da história. E ressalta a leitura como um gesto pessoal e social. O tema *Ler é preciso* foi agregado ao seminário da FNLIJ por sugestão da Companhia Suzano, apoiadora do seminário, que já vinha desenvolvendo uma campanha vinculada a este tema. Que estes textos passem a fazer parte da vida de cada leitor e que deixem um gosto de querer mais, na expectativa de que outras publicações da FNLIJ estão por chegar.

Elizabeth D'Angelo Serra, graduada em Pedagogia, é secretária-geral da FNLIJ e membro da Comissão Coordenadora do Programa Nacional de Incentivo à Leitura (Proler).

Ninfa Parreiras, graduada em Letras e Psicologia, é especialista da FNLIJ.

DISCUTINDO O ESPAÇO DA LEITURA DE LIVROS PARA CRIANÇAS E JOVENS NA IMPRENSA ESCRITA

Nesta mesa-redonda, discutiu-se o espaço destinado à literatura para crianças e jovens na imprensa escrita, a periodicidade e o enfoque das resenhas críticas e os suplementos literários. Há um comprometimento do jornalismo em divulgar a literatura infantil e juvenil e seus escritores, ilustradores, tradutores e editores? Que interesses norteiam a divulgação de obras, autores e editores de livros para crianças e jovens? A grande imprensa não tem dado permanentemente um devido destaque à divulgação de livros de literatura infantil e juvenil, considerando a sua importância para a promoção de leitores, os futuros usuários dos jornais. A Fundação Nacional do Livro Infantil e Juvenil (FNLIJ) pretendeu, com este debate, contribuir para a formação do futuro jornalista, discutindo na sua responsabilidade social a formação de uma sociedade leitora.

POR UM CADERNO LITERÁRIO MAIOR

Cecília Costa

Quando fui convidada por Elizabeth D'Angelo Serra, secretária-geral da FNLIJ, para fazer uma palestra durante o I Salão do Livro para Crianças e Jovens, no Museu de Arte Moderna (MAM), em novembro de 1999, fiquei apavorada, em virtude de minha insuficiência de conhecimento sobre a recente literatura infanto-juvenil brasileira, que sei ser extremamente rica e variada. Estou parada no tempo, ou seja, nos Irmãos Grimm, Perrault, Andersen, Monteiro Lobato, as lendas e os mitos gregos, ainda em busca do fio de Ariadne, ainda sofrendo com os sofrimentos da ingênua e curiosa Psiquê.

Mas como era para falar sobre a dificuldade em divulgar a literatura voltada para crianças e adolescentes em jornais literários, acabei aceitando o desafio, por se tratar de um tema mais próximo a minha experiência de dois anos como editora do "Prosa e Verso", o caderno literário de *O Globo*. Enfim, um assunto mais terra-a-terra sobre o qual eu já havia aprendido alguma coisa (confesso que gotas em um oceano de conhecimentos), no dia-a-dia tumultuado do jornal. Além do mais eu queria dar uma força ao que chamo de primeira "bienalzinha" do Rio, torcendo para que o I Salão se frutificasse em outros, tornando-se uma conquista permanente.

Ao contrário do que eu imaginava, falar até que foi fácil, com a palestra correndo fluí de tamanha a raiva que tenho da falta de interesse, no Brasil, por parte das empresas, de anunciarem em cadernos literários, aumentando o espaço não só para a literatura infanto-juvenil como para toda a imensa gama de livros que sai quase que diariamente dos fornos de nosso choramingão, mas cada vez mais sortido mercado editorial brasileiro.

Agora escrever... a responsabilidade aumenta e os temores também. A palavra escrita é bem mais definitiva, e passados cerca de nove meses desde a realização do I Salão no MAM, continuo sendo uma neófita no crescente, maravilhoso, adulto e esplendorosamente criativo mercado de livros infanto-juvenis do Brasil. Cada vez que um bom livro infantil, seja um livro-brinquedo, seja um puramente ilustrado ou um com narrativa – como os de Pedro Bandeira, que conquistou totalmente o meu filho – me cai às mãos, fico espantada com a maturidade de nossa produção para crianças e adolescentes. E gostaria de me enfronhar mais nesta escura selva mágica!!! Infelizmente, o tempo é curto, curtíssimo, para tudo o que tenho de fazer, e por isso a dedicação ainda é incompleta e insatisfatória.

Mas como sempre é preciso coragem e coragem não me falta, vamos lá.

Por que é tão difícil espelhar nos jornais literários de veículos informativos de grande circulação a produção editorial brasileira dirigida aos jovens leitores, tão necessitados de estímulos à leitura e de dar os primeiros passos em direção a uma rica formação literária? Seria uma questão de má vontade por parte dos editores destes cadernos? Não, de forma alguma. No caso do "Prosa e Verso", por exemplo, somos todas mulheres, atualmente, na edição. Mulheres sensíveis à produção infanto-juvenil. Manya Millen, editora assistente, conhece bem o setor, escrevendo sobre teatro infantil e tendo feito belas entrevistas com Lygia Bojunga e Ruth Rocha, sendo apaixonada pela criação de imagens e de textos para crianças e adolescentes. E eu, mesmo sem dominar esta área do mercado, sou totalmente favorável a divulgar os livros feitos para os pequenos e imaginosos leitores, por amar a leitura e saber que o contato com a palavra e o objeto de prazer que é o livro deve ser incentivado desde a mais tenra infância.

É com alegria, portanto, que fazemos, como fizemos em novembro de 1999, um caderno totalmente voltado para as crianças e que volta e meia dedicamos nossa última página, colorida, à produção de livros infantis e as suas fantásticas ilustrações. E fazemos isso mesmo sem ter uma data ou evento, bastando que um livro qualquer, por sua beleza, aguce nossa vontade de divulgá-lo, ou então por ocasião das bienais, feiras e salões, quando é grande a enxurrada de livros infantis que nos chega às mãos, já que as editoras sempre programam vários lançamentos e atividades para atrair os jovens clientes.

Nossa boa vontade é imensa, portanto, mas sei que é pouco, muito pouco. Os autores de livros infanto-juvenis queriam muito mais, a Fundação Nacional do Livro Infantil e Juvenil também, os ilustradores e até mesmo as editoras.

Por que este "até mesmo" diante das editoras? Porque na realidade o interesse por parte delas é pequeno diante dos demais parceiros deste mercado. Chega a ser estranha a comodidade das editoras de livros infantis, no que diz respeito à divulgação dos livros. Ao contrário das editoras para adultos, que jogam em cima dos editores literários sua matilha de assessores e de divulgadores, as editoras de livros infantis trabalham bem mais silenciosamente, só levantando um pouco sua cabeça de hidra mágica no Natal e/ou em bienais.

Elas não gastam um tostão com a divulgação e a distribuição de livros, parece-me, porque estão muito mais preocupadas em conseguirem que seus livros sejam adotados por escolas e comprados em magotes pelos ministérios de Educação e Cultura. Ao verem seus produtos serem adotados pelas professoras, o que já garante uma tiragem excepcional, essas editoras passam, na realidade, a ligar pouco se o livro irá aparecer em jornal ou não. O que é estranho, porque o próprio autor gostaria de ter mais divulgação na mídia. Ser, por exemplo, um *"Harry Potter"* brasileiro, é um sonho para muitos. Desejo que só pode estar ligado a uma maior visibilidade e transparência na mídia, já que no Brasil, no que diz respeito à venda em escolas, há inúmeros verdadeiros *best-sellers* infantis, nossos pequenos Harry Potters, como *A bolsa amarela*, de Lygia Bojunga.

Bem, se as editoras de livros para crianças e adolescentes não querem ou parecem não estar preocupadas com a divulgação em jornal, por meio de matérias e resenhas de livros – com raríssimas exceções –, obviamente que muito menos estarão abertas a colocarem anúncios em páginas de cadernos literários. E se elas não estão dispostas a anunciarem, aumentando o espaço editorial, fica difícil ter um nicho ou espaço dedicado à produção editorial infanto-juvenil no corpo do caderno literário. O anúncio, aliás, não é o forte em todo o mercado editorial. Mesmo as grandes editoras de romances para adultos ou de livros científicos, de arte, religiosos, auto-ajuda ou de aventuras são refratárias ao anúncio, o que restringe o espaço para as resenhas e as matérias nos cadernos.

Na verdade, o mercado editorial é o verdadeiro "se comer o bicho pega, se ficar o bicho come". As editoras, as grandes, querem matérias editoriais nos jornais. Pressionam por elas, choram por elas. Mas ao mesmo tempo não querem gastar dinheiro com anúncios que aumentariam o espaço editorial dos cadernos, permitindo a divulgação de maior número de resenhas ou de reportagens literárias. Querem os fins sem os meios.

Se os grandes não anunciam, imagine as pequenas editoras. Todos os livros editados no Brasil, conseqüentemente, ficam lutando pelo mesmo espaço, vários cães para um único osso, sendo impossível contentar a todos. Ou espelhar minimamente o que está sendo produzido no país. Entre cerca de 50 mil títulos anuais, existem muitos livros de má qualidade, parca e pobremente editados, mas existem também muitos livros que deveriam ser divulgados, por seu conteúdo ou mesmo apenas por sua beleza, pois nossos livros estão ficando cada vez melhores, mais bem editados, mais bonitos, com capas extremamente de bom gosto, e tanto a produção nacional como a produção internacional – moderna ou clássica –, que vem sendo trazida para cá pelos editores e traduzida com carinho pelos tradutores mereceriam cadernos muito maiores, de 10 a 16 páginas editoriais.

Caso isso acontecesse, é claro que nossa literatura infanto-juvenil lá estaria presente em toda sua glória, com a riqueza de suas imagens e de seus textos. É preciso sonhar. Nunca achar que o sonho acabou. É preciso ter fé, seja no que for. Na luta dos homens, pelo menos. Dos homens e das mulheres. Acreditar que o mercado editorial brasileiro, com o fim do analfabetismo e a paulatina melhoria educacional, crescerá tanto, alcançando uma idade de ouro que forçará os jornais a ampliarem seus cadernos. Seja pela obtenção de anúncios seja apenas fazendo a ampliação com fins institucionais, pura e simplesmente. Um salto qualitativo que não será no escuro. Porque o livro tem retorno a longo prazo. Retorno certo. O pequeno leitor de hoje será o leitor de amanhã e estará fazendo do Brasil um país melhor.

Cecília Costa é jornalista, editora do "Caderno Prosa e Verso" do jornal O Globo.

JORNALISMO E LITERATURA PARA CRIANÇAS E JOVENS

Laura Sandroni

No tempo do Brasil colônia a imprensa já reservava espaço à literatura e aos escritores. Em seu *Correio Brasiliense*, publicado em Londres, Hipólito José da Costa, além dos artigos candentes pela independência, escrevia sobre a literatura brasileira da época.

No primeiro Império, o *Jornal do Commercio*, fundado por Pierre Plancher, desde o início, ao lado do noticiário comercial, econômico e financeiro, acolheu em suas páginas os maiores escritores brasileiros.

Sua história confunde-se, por um lado, com a da Associação Comercial do Rio de Janeiro e de outro, com a da Academia Brasileira de Letras.

O *Jornal do Commercio* chegou a editar, em meados do século passado, um suplemento literário que circulava aos domingos, mas só nos anos 30 do século XX, os jornais de grande circulação entenderam a necessidade de publicar suplementos dedicados à literatura. Imitavam assim a imprensa européia que em fins do século passado começou a oferecer aos seus leitores cadernos de grande qualidade literária, como o *Times Literary Supplement*, hoje mais que centenário.

No início dos anos 40 o melhor entre os suplementos literários publicados no Rio de Janeiro era o "Letras e Artes", do jornal *A Manhã*, dirigido por Jorge Lacerda, escritor catarinense de pequena obra literária, que chegou a governador de seu Estado.

Embora homem de direita, integrante dos quadros do integralismo, sua visão literária não se deixava contaminar pela posição política. Publicava trabalhos de escritores de esquerda e até de comunistas notórios na época, como Jorge Amado e Dalcídio Jurandir. E abria suas páginas para escritores da província, como os do Grupo Sul, de Santa Catarina, liderado por Salim Miguel, Eglê Malheiros e Guido Wilmar Sassi.

Não poderia esquecer o suplemento literário de *O Jornal* – que durante algum tempo foi dirigido por meu pai, Austregesilo de Athayde –, onde escreveram Capistrano de Abreu, Georges Bernanos e Virgílio de Melo Franco entre muitos outros.

Em meados dos anos 40, dois suplementos literários marcaram a vida literária do Rio de Janeiro; o do *Correio da Manhã*, inicialmente dirigido por Álvaro Lins, no qual o crítico pernambucano escrevia o famoso rodapé e fazia ou destruía reputações literárias. Entre tantos outros colaboradores, lá estavam Otto Maria Carpeaux, Franklin de Oliveira, Brito Broca, Lêdo Ivo. Nos anos 50, o suplemento foi dirigido por José Condé. Quando Condé adoeceu, o Suplemento Literário desapareceu. Mais tarde, nos anos finais do *Correio da Manhã*, surgiu um Quarto Caderno, editado pelo Paulo Francis, que também tratava de literatura, mas falava mais de política, sociologia etc.

Também importante nos anos 40 e 50, o suplemento literário do *Diário de Notícias*, dirigido por Euryalo Canabrava, no qual escreveram Afrânio Coutinho – sua coluna, Correntes Cruzadas, lançou o *new criticism* no Brasil –, Tristão de Ataíde, Gustavo Corção e Odylo Costa, filho. Naquele suplemento Aurélio Buarque de Hollanda e Paulo Ronai iniciaram o trabalho de seleção de contos que mais tarde originou a série de livros *Mar de Histórias*, hoje reeditada pela Editora Nova Fronteira. Não podemos esquecer o suplemento literário do *Diário Carioca*, muito bem-feito, que contou com Graciliano Ramos entre seus colaboradores.

Em fins dos anos 50, surgiu o "Suplemento Dominical" do *Jornal do Brasil*, dirigido por Reinaldo Jardim, que reuniu teóricos e poetas do concretismo: Ferreira Gullar, Mário Faustino, José Lino Grunewald, Oliveira Bastos, mas durou pouco. Durante algum tempo o *Jornal do Brasil* não teve suplemento literário. Publicou o Caderno Especial, que tratava de economia, política externa e tecnologia, e por vezes também de literatura. No início dos anos 70, voltou a tê-lo, editado por Remy Gorga Filho, que dirigiu o suplemento até início dos anos 90. Nesta fase o suplemento chegou a ser publicado como tablóide, mas voltou à forma antiga, com o título "Idéias e Livros", hoje editado por Cristiane Costa.

O Globo publicou nos anos 50 e até meados dos anos 60 uma importante coluna, Porta de Livraria, em que Antônio Olinto escreveu crítica literária – tal como faz, hoje, na *Tribuna da Imprensa* – e publicava notícias e informações sobre escritores e livros. Mais tarde, a coluna de livros de

O Globo foi entregue a Carlos Menezes e aparecia duas vezes por semana. Nos anos 70, o Segundo Caderno passou a dedicar uma página aos sábados a resenhas de livros, depois ampliada para duas páginas. E, recentemente, na grande reforma gráfica pela qual o jornal passou, criou-se o suplemento "Prosa e Verso", inicialmente dirigido por Luciano Trigo e hoje por Cecília Costa.

Gostaria também de mencionar aqui o "Suplemento Literário" que a *Tribuna da Imprensa* publicou nos anos 70, editado por um grupo de jovens editores liderados pela escritora Maria Amélia Melo, hoje na Editora José Olympio.

Esta pequena notícia sobre suplementos literários dos jornais do Rio de Janeiro – e certamente esqueci muitos nomes – serve para informar que até recentemente não havia espaço para a literatura infantil e juvenil.

Podemos encontrar neles artigos esparsos abordando a obra para crianças de Monteiro Lobato, de Viriato Correia ou Malba Tahan, mas são exceções. Os grandes críticos de então não se davam ao trabalho de examinar os livros para crianças e jovens.

Já mais recentemente lembro-me de crônicas de Carlos Drummond de Andrade sobre livros de Flávia da Silveira Lobo ou saudando o lançamento de *Flicts*, primeiro trabalho de Ziraldo reunindo texto e ilustração. Ana Maria Machado, em sua coluna sobre produção cultural para crianças também no *Jornal do Brasil*, vez por outra comentava alguma novidade recém-editada.

Todavia, os eventos sempre encontravam espaços nos diversos jornais. Assim desde a primeira Bienal de São Paulo, em 1970, falava-se sobre a grande visitação de escolas e o crescimento da produção de livros destinados ao público infantil e juvenil. Faltava pouco para se começar a usar o clichê até hoje repetido à exaustão: é o *boom* da literatura infantil.

Em 1974, por exemplo, quando a Fundação Nacional do Livro Infantil e Juvenil realizou no Hotel Glória o 14º Congresso do International Board on Books for Young People (IBBY), as primeiras páginas dos cadernos culturais abrigaram notícias, fotos e entrevistas sobre o assunto. Assim também com nossos Domingos da Fantasia, cujo primeiro realizou-se aqui, sob os pilotis do Museu de Arte Moderna (MAM).

Em 1979, ano decretado pela Unesco como Ano Internacional da Criança, vários jornais deram finalmente oportunidade ao livro infantil abrindo colunas especializadas. Assim, surgiram Maria Antonieta Cunha no *Estado de Minas*, Tatiana Belinky no *Estado de S. Paulo*, Fanny Abramovich e Marisa Lajolo na *Folha de S. Paulo*, Antonio Holfeldt no *Correio do Povo* de Porto Alegre.

Até a televisão entrou na onda com o "Era uma vez", da TVE, no qual fantoches representavam histórias selecionadas, sempre mostrando o livro em sua abertura e entrevistando autores, ilustradores, editores e livreiros depois de terminada a apresentação.

Enquanto isso, havia o *Globinho* de saudosa memória, num ótimo trabalho de Paula Saldanha divulgando autores e livros por todo o Brasil.

Mas tudo isso durou pouco. A verdade é que a produção de livros para crianças e jovens não foi historicamente considerada digna de um comentário sistemático que pudesse orientar pais e professores.

Tenho orgulho de ter participado de um trabalho pioneiro nesse campo, a partir de junho de 1975, quando o jornal *O Globo* convidou-me para fazer uma coluna semanal de comentários dos livros editados.

Já então se havia iniciado um movimento renovador nessa área com o aparecimento de novos autores e ilustradores a fim de abastecer o novo mercado editorial criado com a Lei de Diretrizes e Bases que obrigava à leitura de livros de autores brasileiros em todas as séries do primeiro grau.

Minha coluna começou a ser publicada no "Jornal da Família", passando depois para o "Segundo Caderno", "Rio Show" e "Livros". Em 1996, mudou-se para o "Prosa e Verso", caderno criado para reunir todas as resenhas sobre livros publicados. A partir daí, tendo de competir com a produção para adultos e apesar de ser muitíssimo maior, em número de títulos publicados e de exemplares vendidos, os livros destinados às crianças e aos jovens perderam espaço e as resenhas sobre eles saem sem periodicidade definida.

Na década de 90, o jornal *Lector*, editado por Márcio Vassallo, que dava amplo espaço ao tema, não obteve patrocínio e deixou de circular. A revista *Nova Escola* dirigida diretamente aos professores mantém-se firme permitindo a Edmir Perrotti um belo trabalho.

A Fundação Nacional do Livro Infantil e Juvenil, em seus 31 anos de vida jamais deixou de realizar um labor crítico que ajuda a orientar aqueles que desejam manter-se a par de uma literatura de qualidade. Primeiro por meio do *Boletim Informativo*, logo com a publicação de dois volumes da *Bibliografia Analítica*, a lista de Altamente Recomendáveis e os prêmios para os Melhores, hoje já em 14 diferentes categorias. *Notícias* também publica resenhas críticas e lista todos os livros recebidos pela Fundação.

Agora mesmo, neste I Salão do Livro para Crianças e Jovens, estamos lançando com a ajuda da Editora do Brasil um livro que reúne a história de todos os concursos e prêmios existentes no Brasil de 1937 a 1978 com a lista de todos os títulos premiados, autores, ilustradores e suas diversas edições, incluindo ainda os prêmios recebidos por autores e ilustradores brasileiros no exterior.

Foi um trabalho de muita paciência e cuidado, iniciado por Ruth Villela Alves de Souza em 1969 com o primeiro número do *Boletim Informativo* e retomado com dedicação pela equipe atual do Centro de Documentação da Fundação, sob a direção de Elizabeth Serra. Temos certeza de que será um bom guia para todos os interessados.

Acreditamos que o trabalho da crítica literária, com relação aos livros para crianças e jovens, é importante na medida em que cresce a produção e se torna cada vez mais difícil tomar conhecimento do que se publica; acreditamos que há um público formado por pais e professores, interessado em ler e discutir esse tipo de orientação; acreditamos que os jornais podem ter papel fundamental na melhoria da qualidade do que é publicado para a infância e a juventude, ajudando inclusive na formação de seus futuros leitores. Por isso reivindicamos mais atenção e espaços maiores para esse assunto tão importante e atual, que é a leitura.

Laura Sandroni, membro do Conselho Diretor da FNLIJ, é crítica de literatura infantil e juvenil de O Globo *e especialista em literatura infantil e juvenil.*

LER É PRECISO, DIVULGAR É FUNDAMENTAL — AS EDITORAS E A IMPRENSA PRECISAM AMADURECER JUNTAS

Márcio Vassallo

Numa palestra mais do que inspirada, o autor e diretor de teatro Vladimir Capella falou sobre o menosprezo em relação ao gênero infantil e juvenil: "Quem faz teatro infantil não tem o mérito do especialista, mas está, digamos assim, começando carreira. É visto como quem pretende, um dia, fazer teatro mesmo. Teatro de verdade. O teatro do horário nobre. O Teatro com todas as letras maiúsculas. Em outras palavras: teatro para adultos. Marginalizado também, mas importante."

Em geral, o autor de livros infantis também é menosprezado e ignorado pela maior parte da imprensa brasileira. É como se ele fosse um eterno amador, um escritor de diminutivos, que liga o computador, escreve qualquer bobagem em vinte minutos, enche as páginas de adjetivos e ainda ganha algum dinheiro com isso.

Na realidade, os jornalistas precisam entender que o verdadeiro autor infantil não escreve só para crianças. Os livros infantis só são bons realmente quando também conquistam leitores adultos. Os bons livros infantis mexem com a sensibilidade do leitor, não importa que idade ele tenha. Porque a verdadeira obra de arte não se prende a rótulos. Assim, o livro infantil de qualidade transcende todo tipo de classificação etária. E tem o poder de aproximar os pais dos filhos.

Mas, nesse sentido, a imprensa brasileira ainda está parada no tempo. Estagnada numa de suas mais graves alienações. Também nesse caso, não devemos nos restringir aos suplementos literários e às poucas publicações especializadas. Devemos falar às mais diferentes seções dos jornais e das revistas do Brasil. Todos têm a sua responsabilidade. Afinal, a divulgação do livro infantil não deve se dirigir só a quem se interessa por literatura. Essa divulgação também precisa chegar a outros públicos. Leitores de revistas femininas e das grandes publicações semanais são bons exemplos. Leitores de cadernos da família também. Há vários livros infantis que dão belíssimas pautas para matérias de comportamento, mas poucas pessoas pensam nisso. Ou, se pensam, ficam só na intenção.

A questão é que a literatura infantil não deve ficar restrita a guetos literários, porque é ela que vai formar todos os tipos de leitores. E nem todos os pais, tios e avós lêem suplementos literários. Aliás, a maioria realmente não lê nada. Contudo, se a própria imprensa especializada, com exceções, não abre as páginas para a literatura infantil, como será possível conseguir esse mesmo espaço em grandes revistas e suplementos de um modo geral? Na realidade, isso é bem possível de ser feito, mas é preciso muito trabalho.

Com trabalho e profissionalismo, as editoras devem divulgar os bons livros infantis para todo mundo. Os jornalistas precisam conhecer melhor a produção da literatura infantil e juvenil contemporânea. Precisam ver que houve uma evolução das edições, da linguagem, das ilustrações, dos projetos gráficos. Alguns jornalistas até sabem disso, porque têm filhos. Outros, em menor escala, sabem porque adoram esse tipo de leitura. Mas, dentro de uma redação, na maioria das vezes, esses profissionais de exceção não têm o poder e o tempo necessários para mudar alguma coisa.

Entretanto, para que haja de fato essa mudança, o mercado editorial precisa agir, e não só rugir. As editoras precisam investir mais em publicidade e divulgação. Realmente o mercado brasileiro vende pouco, comparado com outros de países mais desenvolvidos. Mas isso não impede que as editoras veiculem os seus produtos, em pequenos anúncios, pelo menos nos suplementos literários. Então, se elas direcionassem uma verba mínima para anunciar, além de conquistar consumidores, principalmente de cidades que não têm acesso a livrarias, o mercado poderia financiar a criação de espaços para o gênero na imprensa escrita. Ou, quem sabe, trabalhar mais a questão da promoção, do *marketing*, da divulgação criativa em canais ainda pouco explorados, mas potencialmente eficazes, como o rádio.

Publicidade e *marketing* à parte, a divulgação das editoras infantis também precisa ser mais ativa. Mais presente. Mais atuante. Os *releases* precisam ser trabalhados com uma linguagem essencialmente jornalística, destacando os principais ganchos para uma matéria, uma reportagem, uma resenha, uma entrevista.

As editoras não devem se limitar a enviar para as redações *releases* com uma linguagem mais voltada para a divulgação escolar. Quem está recebendo o texto é um editor de jornal, um editor de revista, não um professor, ou um pedagogo. Além disso, é necessário que o assessor de imprensa converse com o jornalista, no momento certo, com base e informações suficientes para convencê-lo de que os leitores daquele jornal ou daquela revista vão se interessar pela pauta. Sem essa de tentar comover jornalista, falando da importância de estimular as crianças a lerem. Existem os que se preocupam com essa questão e levam isso em conta no momento de aprovar uma matéria. Mas, na verdade, o jornalista quer saber se essa matéria vai interessar aos leitores de seu próprio veículo. E com razão. Então, é preciso sugerir a ele caminhos para esses leitores gostarem da matéria. Qual o melhor modo de enfocá-la? Que pessoas poderiam ser ouvidas? O livro é um gancho para falar de algum tema do momento? Quais as discussões que a obra provoca? Nessa hipótese, estamos partindo do princípio de que o divulgador esteja trabalhando com um livro de qualidade. Afinal, existe muita coisa ruim no mercado. E com um produto fraco realmente fica difícil trabalhar.

Contudo, de um modo ou de outro, ainda há muitas editoras que não enviam livros, e nem ao menos um *release* às boas publicações que abrem espaço para o gênero. A revista *Doce de Letra*, veiculada na Internet, é um exemplo perfeito. Editada há anos, com rara competência, pela jornalista e escritora Rosa Amanda Strausz, a publicação ainda não recebe material de divulgação de muitas editoras. E algumas dessas editoras são as que mais reclamam da falta de espaço para o livro infantil na mídia.

Nesse sentido, muitas editoras lamentam até hoje a extinção do jornal *Lector*, totalmente dedicado aos livros. Durante mais de três anos, editei o *Lector* com um prazer imenso. Recebíamos uma média de 300 livros por mês, de absolutamente todos os gêneros. Em época de Bienal, esse número ultrapassava os 500 títulos, com sugestões de pauta de tudo quanto é canto do Brasil. Mas, mesmo assim, ainda havia editoras, sobretudo infantis, que agiam como se estivessem nos prestando um grande favor ao enviar um livro, uma foto de algum autor, ou um material de pesquisa sobre determinada obra de seu catálogo.

Tínhamos uma tiragem mensal de 15 mil exemplares distribuídos gratuitamente nas livrarias e em pontos culturais. E, além de cobrir todos os gêneros do mercado, sempre abrimos muito espaço para a literatura infantil e juvenil. Fizemos capas com autores, entrevistamos ilustradores, indicamos leituras. Durante todo esse tempo, o *Lector* conquistou um reconhecimento incalculável com os leitores, com os escritores, no mercado. E os elogios realmente choviam de tudo quanto é lado. Mas nem só de elogios se vive. Então, principalmente em virtude da insuficiência de anúncios das editoras, decidimos parar de publicar o *Lector*. Quer dizer, o espaço gratuito que existia para divulgar o livro de um modo geral, e a literatura infantil e juvenil, deixou de existir porque a maioria das editoras não investiu com a regularidade que o projeto exigia. E, mais uma vez, o mercado rugiu, rugiu, mas não agiu. Só que essa é outra história.

Na realidade, a maioria das editoras ainda não percebeu que precisa fazer um trabalho sério, para mostrar a qualidade e a importância dos livros infantis aos jornalistas brasileiros. Tudo bem, o jornalista tem obrigação de farejar a notícia, o jornalista tem obrigação de correr atrás das tendências, das novidades, do que vale a pena ser divulgado. Tudo é fato. No entanto, a realidade é que a maior parte das editoras continua de braços cruzados em relação a isso.

As boas editoras infantis e juvenis brasileiras estão publicando livros cada vez mais bem acabados, com tratamento gráfico do mais alto nível e textos primorosos. Nesse sentido, o mercado editorial infantil está evoluído demais. Está muito profissional. Todavia, em relação à divulgação de livros, a estagnação é quase que total. E, geralmente, está mesmo restrita às escolas.

De um modo geral, as assessorias de imprensa das editoras não batalham pelo espaço na mídia para o livro infantil. Em parte desmotivadas pela resistência dos jornais e das revistas em divulgar o gênero, mas em parte também pela ausência de uma ação profissional, com um trabalho permanente de divulgação na imprensa para mostrar ao público e à imprensa, em geral, que a literatura infantil e juvenil é coisa séria.

Para isso, também precisamos acabar de vez com essa história de leitor do futuro. Costumo dizer que quem lê o futuro é cartomante. Bem, pelo menos elas dizem que o lêem, né? E, deixando as cartomantes em paz, a literatura infantil não deve ser vista como um degrau para leituras teoricamente mais intelectualizadas, mais maduras, com vocabulários mais complexos. Como se o livro infantil fosse só um passo para o livro adulto. Na verdade, um não exclui o outro. Dizer que um menino é um leitor do futuro significa dizer que esse leitor não existe hoje. Significa dizer que o livro infantil é só um passo para uma verdadeira leitura, que um dia vai chegar.

É como aqueles anúncios na televisão de cursos de informática, escolas de idiomas e colégios, em que várias crianças penteadíssimas sorriem felizes da vida, pulando de alegria porque estão se preparando para o futuro. Não há nada mais falso. Acima de tudo, a felicidade é você aproveitar cada tempo no seu tempo. E, na realidade, o bom livro é o tempo portátil. O tempo que a gente precisa para se encontrar com o silêncio mais perfeito do mundo. Não aquele silêncio de pântano, pegajoso, angustiante. Mas sim aquele silêncio que arrepia, aquele silêncio que provoca, aquele silêncio que faz pensar. Porque é nesse silêncio que a alma gosta de tagarelar.

Márcio Vassallo é jornalista, autor de livros para crianças.

O PAPEL DO LIVRO INFORMATIVO NA EDUCAÇÃO DE CRIANÇAS E JOVENS

Com a crescente produção de livros informativos, de não-ficção, destinados ao público infantil e juvenil, faz-se necessário um diálogo entre profissionais de diferentes áreas do conhecimento. A FNLIJ tem observado no trabalho de leitura e pesquisa dos livros informativos a ocorrência de temas como história, meio ambiente e artes. Já outros temas ligados à área de saúde, como o aleitamento materno, ainda não foram explorados nos livros desta categoria. Qual a importância destes livros na formação das crianças e jovens?

Por que alguns temas têm sido mais explorados que outros?

O LIVRO DE NÃO-FICÇÃO PARA CRIANÇAS E JOVENS

Ninfa Parreiras

Sempre importantes na educação de crianças e jovens, os livros podem ocupar espaços onde transitam as crianças (a casa, a escola, a biblioteca, a livraria...). E podem, como os brinquedos, também ser levados pelas crianças para os passeios, as viagens. Assim, vão ocupando espaços na vida das crianças e começam a fazer parte de um cotidiano que abriga a brincadeira, o silêncio, as dúvidas e os questionamentos. E passam a ocupar espaços internos, nas lembranças, associações, identificações. Por sua vez, podem cumprir funções diferentes, como deleitar, divertir, informar, orientar, formar o leitor.

O livro de ficção para crianças, bem difundido no mercado brasileiro, além de deleitar o leitor com a leitura, é estruturante na formação da psique da criança, por trazer valores metamorfoseados nas situações fantasiosas das histórias. A ficção e a poesia são alimentos indispensáveis ao imaginário das crianças, dos jovens e dos adultos. Já o livro de não-ficção, comumente chamado de livro informativo, desde Lobato com suas criações que misturavam fantasia e informação (*Emília no país da gramática*, *Histórias das invenções*...), cumpre a função de informar a criança, diferente do livro paradidático, com funções vinculadas à escola, com exercícios ao final dos capítulos. O livro informativo, além de servir para a leitura, serve para a consulta da criança, enriquecendo o imaginário com informações, descobertas e curiosidades. Muitas são as abordagens disponíveis no mercado, que vem crescendo na última década, como o meio ambiente, as artes, o funcionamento das coisas (corpo humano, máquinas etc.), a história do País...

    Poderíamos comparar o livro de ficção a uma apresentação teatral ou a uma ópera e o livro informativo a uma visita a um museu ou a uma exposição. São expressões do conhecimento humano, com formas e finalidades diferentes. Ir ao teatro não é o mesmo que ir a um museu. Então, ler ficção não é o mesmo que ler informação. São leituras que atendem a distintos propósitos. É claro que um leitor e um espectador podem-se divertir com um romance, um livro informativo, uma peça de teatro, um museu. Mas são manifestações artísticas que trazem experiências diferentes. Cada uma delas tem sua importância na educação de crianças e jovens. Com o crescimento do mercado livreiro, muitas são as ofertas de livros de ficção e de não-ficção disponíveis. E ainda há as obras informativas que se utilizam de trechos fictícios, misturando ficção e realidade, como *O livro das árvores*, publicada inicialmente em 1997, pela Organização Geral dos Professores Ticuna Bilíngües, e, atualmente, publicada pela Global Editora.

    Em 1991, a Fundação Nacional do Livro Infantil e Juvenil (FNLIJ), ampliando as categorias do Prêmio FNLIJ, criou o prêmio O Melhor Livro Informativo. Na época, os livros informativos começaram a ter uma expressão maior no mercado editorial. E, em 1994, a FNLIJ introduz também na categoria tradução o livro informativo, separadamente do livro para crianças e do livro para jovens.

Com a realização da Conferência das Nações Unidas – ECO 92 no Brasil –, muitas obras foram publicadas abordando o meio ambiente, o risco das queimadas, da contaminação da água de rios e de oceanos, do desmatamento. Acabou virando moda nos anos seguintes a publicação de obras que tinham a ecologia como tema central. Algumas tratavam dos problemas da ecologia, outras enalteciam a natureza, ou revelavam lugares e ângulos naturais pouco divulgados.

Outro fator que facilitou o crescimento da produção de livros informativos no Brasil foi a abertura das importações na política econômica brasileira, em 1994. A partir daí, os livros começaram a ter uma qualidade gráfica melhor, muitos deles eram impressos fora do País. E surgiram também boas traduções de livros informativos, bem como publicações nacionais inspiradas nos livros estrangeiros, muitas apresentadas em coleções, com capa dura, papel cuchê, dobraduras, para citar alguns recursos.

O livro informativo não é exclusividade da escola, ele pode (e deve!) ser introduzido nos lares. Para a criança, é como uma caixa de surpresas, que a cada página uma nova informação chega ilustrada para estimular a curiosidade, o interesse do leitor. É claro que na escola o livro informativo é um subsídio importante para a educação das crianças, sem tirar o espaço do livro de ficção, pois cada um cumpre uma função diferente, como foi dito anteriormente. Muitas vezes, o livro de ficção não sustenta o arsenal de informação necessário para uma pesquisa da criança. Por isso, o livro informativo é importante no acervo das crianças e jovens.

Daí a importância de uma mesa-redonda, do interesse da família e da escola, que discute a presença do livro informativo na formação das crianças e jovens. Por que alguns temas não são abordados nos livros informativos, como o aleitamento materno, a leitura? Será que os temas estão vinculados à moda vigente? Como os livros que tratam de ecologia, no período posterior à ECO 92, ou livros sobre arte, no momento em que museus brasileiros trazem exposições internacionais, com visitações abertas ao público infantil (Monet, Dali...). E, principalmente, na virada do milênio, quando o MEC incentiva o trabalho dos temas transversais (meio ambiente, trabalho...). Há ainda muitos temas para serem explorados e abordados nos livros de não-ficção (valores universais e regionais...).

Um bom livro informativo leva o leitor a interessar-se mais pelo assunto tratado, não esgotando sua curiosidade para conhecer. A linguagem não é enciclopédica nem carregada de didatismos e conclusões prontas. As ilustrações remetem o leitor a detalhes das informações, aprofundando conhecimentos.

Tomamos, por exemplo, *Noções de coisas*, texto de Darcy Ribeiro, ilustrações de Ziraldo, da Editora FTD, obra premiada pela FNLIJ, em 1995. Falando de questões da filosofia, da matemática, da física, da química, entre outras, o autor nos leva a refletir sobre a origem e o destino da humanidade. O saber teórico e o saber prático são questões abordadas no texto, no tom irônico, anárquico e inteligente de Darcy. É um livro para fazer pensar, que provoca reflexões, questionamentos e inclusive dúvidas no leitor. E o que seria o ensino e a aprendizagem sem as dúvidas e as perguntas? O que essas "noções" trazem de novo é a forma com que foram escritas, com ironia, brincadeira, mas sabedoria. Não são para serem copiadas, mas elaboradas.

O projeto gráfico e as ilustrações, a cargo de Ziraldo, formam uma composição harmônica com o texto. O ilustrador investe na reflexão, na crítica aos saberes prontos e acabados. Tanto texto como imagem deixam espaços em aberto para o leitor construir suas noções, como um observador e um coadjuvante do processo de aquisição do conhecimento. A leitura, tanto do texto como da imagem, conduz o leitor às perguntas que Kant formulou para sua filosofia: "O que posso conhecer?, O que devo saber?, O que me é permitido esperar?" – questões que são básicas para a compreensão da vida e para a construção do lugar de cada sujeito na sociedade. Ao aproximar a criança de questões que sustentam a existência humana, os autores nos remetem à base da ontologia: "Que é ser?", pergunta que nunca encontra uma resposta pronta e acabada. Assim, poderíamos dizer que *Noções de coisas* é a porta de entrada para uma reflexão com raízes na filosofia, na sociologia e na antropologia.

Aprendemos com os livros informativos que ler não é uma atividade estática, mas dinâmica, em que o leitor vai e volta na leitura, consulta, pesquisa, observa e descobre uma gama de informações que só os livros trazem. O livro informativo não possui maior ou menor valor que o livro de ficção. Ao informar, presta um serviço de esclarecimento ao leitor, como um dicionário ou uma enciclopédia, porém com linguagem adequada, com ilustrações e texto que prendem o leitor, tornando a leitura um deleite.

Ninfa Parreiras é especialista da FNLIJ, psicóloga e psicanalista em formação pela Sociedade de Psicanálise Iracy Doyle (SPID), Rio de Janeiro.

O LIVRO INFORMATIVO

Regina Yolanda

Li, recentemente, em algum lugar inusitado, original ou distante, como sendo o livro informativo parte do gosto infantil. Será que só do infantil?

O livro que informa preenche a curiosidade e o interesse de quem o lê. É um livro que pode atender à pressa de um aluno que precisa, por exemplo, completar o seu conhecimento para um trabalho escolar. Mas conheço muitos leitores que preferem ler além do simples e delimitado assunto que lhe foi imposto. Quase sempre essa maravilhosa evasão acaba afastando o leitor de outras leituras. O resultado das duas é diferente. Ou se beneficia aquele que lê o texto exigido e que, em geral, terá o desempenho esperado no trabalho escolar, ou o leitor torna-se um curioso e persegue os assuntos até o término do compêndio. Mesmo sendo um resumo, o compêndio tem muito mais informação do que é pedido nas escolas baseado nos programas escolares.

Confesso que ao ler toda a obra de Monteiro Lobato hoje tenho mais coragem de contar que a minha grande paixão por seus livros foi a leitura de todos os informativos misturados aos personagens por ele criados. Assim preencheram o meu pensamento, o meu interesse e a minha fantasia, sem saber como começar: *Histórias das Invenções, O Poço do Visconde, Geografia de Dona Benta, Aritmética da Emília* e *Emília no País da Gramática*. Tudo isso e mais outros, de outros autores, como os desenhos de Percy Lau representando em desenhos a bico de pena cenas brasileiras, alguns livros de Malba Tahan e muitos estrangeiros, levaram-me ao Pólo Norte como à Antártica. *A volta ao mundo por dois garotos*, e mais *As primeiras conquistas* de Paul Hermann, *As mil e uma noites*, e mais *As maravilhas do mundo* de Ferreira de Castro, enfim, confesso que li.

Tudo isso me influenciou sobremaneira no meu trabalho de educação. Lobato, como Chaplin, tinha razão – é a história da História que nos toca o interesse. Desenhando, lendo e trabalhando em alfabetização, por meio de leitura e escrita de textos sobre imagens, participei analisando a ilustração dos livros, das reuniões da Fundação Nacional do Livro Infantil e Juvenil. Em pouco tempo fui responsável pela Feira do Livro Infantil de Bolonha, membro do júri do Simpósio da Bienal de Bratislava e também no Comitê Executivo do IBBY. Por essa ocasião fui considerada Especialista Internacional no Conhecimento da Ilustração de Literatura Infantil. Durante algum tempo, antes da organização do país Iugoslávia, fiz parte do Simpósio da Pena de Ouro, em Belgrado.

No momento, sou membro do júri Espace Enfant, organização também ligada à Unesco.

Escolhi a produção editorial do livro informativo do ano 2000, com a leitura de texto, imagem e a totalidade do objeto livro – isso em relação aos volumes que recebi em casa. Tentei fazer o resto da análise na sede da FNLIJ, mas com quase nenhuma leitura de texto.

Em geral, pude observar que a atração do objeto livro brasileiro já é algo bem melhor que há anos atrás.

O papel utilizado vem sendo de melhor qualidade, quase sempre sem transparência de textos e imagens.

O registro das ilustrações está quase perfeito. Encontrei falha no texto em branco, em alguns livros que usaram o fundo colorido a duas cores. Os tipos utilizados já são maiores e mais harmoniosos. Há um cuidado nas entrelinhas e as margens são mais largas. Isso tudo resulta na melhor facilidade de leitura.

Senti, num só impacto, a autoria das ilustrações pelo simples fato dos ilustradores serem cada vez mais competentes e originais. Pena que ainda se sente, aqui e ali, falha de algumas editoras que não alcançam as cores originais. Com mais observação, nota-se que isso pouco acontece com os ilustradores que tenham tido uma formação de artes gráficas.

Já é comum ver-se o nome do programador gráfico do livro, o que vem resultando em melhor distribuição das ilustrações, do texto e das pausas necessárias a uma boa leitura. As capas vêm apresentando um apelo mais forte com melhores desenhos, combinações com as letras dos títulos e algumas impressões de muito boa qualidade. A maior parte é de capas plastificadas. Os livros já não despencam em nossas mãos.

Aprecio muito a extensão dobrada do papel da capa – a orelha –, contendo comentários sobre o livro, informações dos autores e servindo como marcação da página, em que houve a pausa da leitura.

As ilustrações aparecem maiores, mais coloridas para as crianças de menor idade. Para textos maiores é comum a ilustração restringir-se ao preto, em vinhetas e capitulares. Não me lembro de ter visto ilustrações estereotipadas.

A boa qualidade do texto, da ilustração e do projeto gráfico contribuem para a duração da percepção. Alguns livros parecem capazes de estimular a imaginação, despertando a experiência ético-estética, estimulando e contribuindo para a aprendizagem na leitura; a crescente velocidade de compreensão; o estímulo a novas experiências; a integração entre a aprendizagem e o divertimento; o favorecimento do trabalho independente; a apresentação da relatividade do texto e da imagem.

Na última Feira do Livro Infantil de Bolonha, passei quase que todo o tempo na exposição das ilustrações dos livros de não-ficção, onde se encontrava uma grande parte de livros informativos. Senti as influências dos projetos de Da Vinci e do computador. Algo também me fez lembrar a primeira Feira do Livro de Bolonha na qual trabalhei. Editoras japonesas prenderam então minha atenção. Fotografias primorosas eram acompanhadas de desenhos a bico de pena preto. Compreendi a informação que interpenetra na leitura de imagens desse tipo.

Nesta mostra do ano 2000 havia muito desenho pintado com miríades de informações não completas em toda a prancha. Parte dela, sem corte exato, mostrava só o desenho a pena da estrutura interior do que era apresentado na outra parte colorida. São como cortes arquitetônicos mostrando toda a estrutura, seja de um automóvel, a do Coliseu ou fragmentos de monumentos históricos. Em geral, não há páginas separadas. Na mesma prancha vemos parte da totalidade e em outra a estrutura em construção. Informações as mais completas, algumas conseguindo completar a totalidade do nosso olhar com o movimento do corpo nos 360°.

Os criadores brasileiros não estão presentes na Exposição de ilustrações de não-ficção da Feira de Bolonha. Nossos livros revistos têm algumas poucas imagens, e não apresentam definições como as ilustrações japonesas que descrevi de tantos anos atrás, nem as imagens com gente em atividades e a estrutura da construção em que estão presentes, comum entre os italianos, ou ainda a ilustração tecnológica dos ingleses.

Os livros de informação brasileiros, na realidade, ainda usam a maior parte das imagens apoiadas em fotografias de personagens e cenas cotidianas ou reproduções de obras de arte ou de livros estrangeiros.

Ainda sinto falta das informações detalhadas de construções de objetos e soluções de outros tempos e outras culturas, em vinhetas, ao lado de cenas de grandes imagens.

O nosso novo caminho pode estar sendo trilhado com livros como: *O Brasil em festa*, de Sávia Dumont, com ilustrações de Demóstenes em colagem, da Cia. das Letrinhas; *A arte da animação*, de Raquel Coelho, com ilustrações em técnica mista e *Festas – o folclore do Mestre André*, de Marcelo Xavier, com ilustrações em massa plástica, ambos para a Editora Formato.

Agradam-me sobremaneira as cronologias lançadas em linhas de tempo, bem como a variedade de fontes, que ampliam as informações, dos livros da Editora Saraiva. Gostaria de frisar a atualidade e a abertura de temas, até então vetados por nossos governantes.

Regina Yolanda é ilustradora, escritora e educadora especializada em literatura infantil e juvenil, membro do júri do Prêmio FNLIJ.

AMAMENTAR — EDUCAR PARA A VIDA

Sônia Salviano

A) Evolução da amamentação no Brasil

A história do aleitamento materno no Brasil começa a partir do ano de 1500, quando de seu descobrimento. Na carta escrita por Pero Vaz de Caminha ao Rei de Portugal, encontram-se os primeiros registros da prática alimentar própria, inigualável e indispensável para crianças menores de 2 anos de idade. O relato diz que "... as indígenas andavam com um menino no colo, atado com um pano aos peitos...", revelando, assim, a intensa dedicação e prioridade dispensadas ao contato pele a pele, ao aconchego, ao fortalecimento do vínculo afetivo e à continuidade da oferta alimentar exclusiva da mulher para a criança. Oferta esta possibilitada até o momento em que a criança tinha condição fisiológica de receber os mesmos alimentos que as famílias lhe proporcionavam sem o uso de objetos intermediários que cheguem a interromper este elo de vida. Registros históricos dessa época remota mostram que o aleitamento materno se iniciava após o parto e que as crianças mamavam quando sentiam fome e só largavam o peito quando estavam saciadas.

No Brasil colônia, influências provenientes das culturas européias e africanas começaram a mudar a condição da amamentação no peito. Alguns registros apontam que de Portugal importou-se o costume de as mulheres ricas não amamentarem seus filhos, entregando-os aos peitos de saloias ou escravas. Neste período, também as índias serviam de amas de leite às famílias brancas. Às mulheres negras/ escravas, às vezes eram concedidas licenças para amamentar seus filhos e, em alguns casos, podiam até receber alimentação mais adequada e o direito de amamentar em local reservado. O aluguel de nutrizes escravas era uma das formas de comércio de negros, usada como fonte de renda por seus senhores, na fase de decadência das atividades agrícolas.

Com a chegada da família real ao Brasil, o processo de urbanização cria novos contatos com povos estrangeiros que contribuem mais ainda para a modificação dos hábitos da vida colonial. Mas a cultura do aleitamento materno cruzado, por meio das amas, continuava a ser praticado ainda no começo do século XX e se estende de forma desordenada até parte dos anos 80.

Relatos da medicina brasileira apontam que o interesse pela saúde da criança desenvolveu-se basicamente quando de sua fase higienista. Diante dos crescentes índices de mortalidade infantil, os médicos começaram a sugerir medidas promotoras da amamentação, acreditando que amamentar era *natural*, sagrado e obrigatório. Diante da recusa social, quando as mães alegavam ter leite fraco ou pouco leite, e da impossibilidade da amamentação no peito, passaram a buscar leites substitutos ao da mãe.

O desenvolvimento industrial da alimentação infantil, usando o discurso do progresso tecnológico, passa a influenciar na formação e na conduta dos profissionais de saúde e, também, nas práticas da alimentação infantil. Um número cada vez mais crescente de alimentos para lactentes e utensílios para sua administração, como as chupetas e as mamadeiras, são introduzidos no mercado, causando profundas mudanças no comportamento da sociedade no que se refere ao aleitamento materno.

O *marketing* destes produtos, associado à expansão do capitalismo, à migração da população da zona rural para a zona urbana, com o crescimento desordenado das megalópolis, com o baixo nível de escolaridade dessas populações e a falta de saneamento básico, facilitaram a introdução de novos hábitos alimentares favoráveis ao desmame precoce e sem controle. Tudo isso – não esquecendo também as condutas inadequadas dos profissionais de saúde – elevou ainda mais as taxas de morbidade e de mortalidade infantil. As mulheres passaram a imaginar, baseadas em informações errôneas, que a maneira mais moderna e melhor de se alimentar uma criança era a utilização de leites artificiais por meio de mamadeiras. Passaram, então, a sentir-se incapazes e desinteressadas em amamentar, pouco sabendo sobre os mecanismos da lactação e do valor nutritivo de seu leite.

O abandono do aleitamento materno tira da criança fatores de defesa, elevando a incidência de diarréia e de muitas outras doenças infecto-contagiosas, eliminando também fatores de crescimento, que interferem na maturação intestinal, reduzindo agravos precoces à mucosa e o desenvolvimento de alergias e outras doenças, pois o leite materno possui nutrientes fundamentais a um adequado crescimento estrutural e intelectual da criança.

O aleitamento materno se desenvolvia sem dificuldades, entre os povos primitivos, de forma instintiva e quase natural. Ou seja, a sua cultura e os seus *modus vivendi* e de operar sobre a natureza incorporavam, sem tantos obstáculos, o ato de amamentar seus filhotes, como todos os mamíferos não humanos ainda o fazem para o bem da espécie. Hoje, em conseqüência de intervenções e mudanças culturais, a amamentação – maior herança biológica, social e cultural da espécie humana – precisa ser resgatada, reaprendida, ensinada e estimulada por todos os meios, superando-se o seu declínio espantoso. A conquista da confiança na capacidade de amamentar deve ser implementada de todas as formas possíveis, principalmente pelo processo educacional que tem o objetivo de formar o cidadão, quando de suas primeiras fases de socialização, na família, na escola, nos grupos de lazer e na prática esportiva.

B) O que as pesquisas científicas dizem sobre a amamentação

Ao longo dos anos, a amamentação tem assumido diferentes significados que variam sobretudo em torno de fenômenos culturais construídos socialmente. Noutros termos, a percepção do valor ou desvalor da amamentação relaciona-se diretamente com os valores ideológicos predominantes em dada sociedade.

As vantagens do aleitamento materno, em seus múltiplos aspectos, ganharam consenso no meio científico. Como alimento, a sua superioridade se expressa por meio de múltiplos fatores. A proteção que o leite humano proporciona às crianças se deve à presença de anticorpos, as *imunoglobulinas* (IgA, IgG, IgM, IgD, IgE), de *células brancas e vivas* (leucócitos) que têm a função de destruir as bactérias patógenas, bem como à presença do *fator bífido* que é uma substância que facilita o crescimento de uma bactéria especial *(lactobacillus bifidus)* no intestino das crianças. Os *lactobacillus bifidus* não causam nenhum dano à saúde. Antes impedem o crescimento de bactérias que causam diarréia. A *lactoferrina* é uma enzima que se liga ao ferro disponível no intestino da criança, impedindo o crescimento de bactérias maléficas à saúde e que precisam desse mineral para sobreviver. Linfócitos, macrófagos, lizozimas, interferon, fatores complemento C3 e C4, fator estafilocócico e muitas outras substâncias compõem uma rede protetora para a saúde. Crianças que mamam no peito têm menos alergias, infecções intestinais, respiratórias, de ouvido, urinárias e outras. Quando doentes, a continuidade da amamentação acelera a recuperação.

 A superioridade do leite humano pode ser conferida por seu aspecto nutricional. As proteínas são específicas da espécie humana e, portanto, são de melhor valor biológico. Estão presentes em qualidade e quantidade ideais. Apresenta teor de gordura elevado e adaptado à capacidade de absorção do intestino. Também contém taxas de vitaminas e sais minerais capazes de atender às necessidades básicas da criança.

 Os conhecimentos científicos atuais mostram que o leite humano proporciona adequada nutrição por conter nutrientes de alta qualidade, de fácil absorção e que são aproveitados com plena eficácia pelo bebê. O leite humano é constituído por mais ou menos 80% de água, respondendo por toda a necessidade do bebê, fazendo com que, até os seis meses de idade, período de aleitamento materno exclusivo, ele não necessite ingerir nenhum outro tipo de líquido.

O leite humano apresenta modificações em sua composição e sabor no decorrer de uma mamada e durante o passar do dia, adaptando-se integralmente às necessidades da criança. No início da mamada, é rico em açúcares, proteínas de defesa e água, e no final é mais rico em gordura, o que leva à maior sensação de saciedade. Mamar sem horários estabelecidos e sem limites de tempo favorece a mamada completa, seguindo o ritmo de cada criança, permitindo acesso ao leite anterior e posterior. Igualmente a alternância das mamas, numa mesma mamada, somente pode ser recomendada após ter certeza de que o bebê é capaz de esvaziar uma mama e mamar na outra. Quando o bebê mama um peito e satisfaz todas as suas necessidades, é prudente recomendar a extração manual do leite da mama contralateral, principalmente quando esta apresenta-se túrgida, com muito leite.

O sabor do leite humano varia no decorrer do dia, correlacionando-se aos alimentos ingeridos pela mãe. Por isto, bebês que mamam no peito, diferente do que se divulgava antigamente, adaptam-se facilmente à introdução de novos alimentos, pois já estão acostumados a variações no paladar, fato que não ocorre com crianças alimentadas com leites artificiais, logo são totalmente condicionadas à monotonia de sabor.

Ainda no tocante às variações no leite humano, existe uma de importância e relevância incalculável, referente ao leite de mulheres cujos filhos nascem prematuramente. Estas produzem leite rico em fatores essenciais para a sobrevivência, o crescimento e o desenvolvimento qualitativamente superior de seus filhos. O leite da mãe do bebê prematuro tem teor elevado de proteínas, principalmente de defesa, para atender a susceptibilidade às infecções, comuns nestas crianças. Pesquisas atuais apontam que o leite de mulheres que tiveram partos prematuros apresentam características de colostro até aproximadamente 28 dias após o parto, enquanto nas mulheres que tiveram partos no tempo previsto apresentam estas características por aproximadamente sete dias.

O colostro tem propriedades especiais sendo fundamental para o desenvolvimento, para a digestão e para a imunidade da criança. É rico em anticorpos que protegem contra infecções e alergias, em leucócitos, que também protegem contra infecções e tem efeito laxante, o que proporciona prevenção da icterícia. Possui fatores de crescimento que aceleram a maturação intestinal e também previnem alergias e intolerâncias. É rico em vitamina A, importante na prevenção de doenças oculares e infecções como a diarréia.

C) *Amplas vantagens da amamentação*

Durante muitos anos, a perspectiva da amamentação foi elaborada e estimulada basicamente pelo prisma das vantagens só para a criança, pouco ou quase desvalorizando a participação da mulher, o seu bem-estar e as suas vantagens pessoais. Amamentar traz benefícios para o ser humano em sua totalidade, estendendo-se da mais tenra idade a fases mais avançadas.

Vantagens para a criança:

A curto prazo, propicia o fortalecimento do vínculo precoce entre mãe e filho, fortalece a afetividade, facilita o relacionamento com outras pessoas e traz menor risco de diarréia e das mais diversas infecções, principalmente as respiratórias graves, reduzindo a incidência de alergia ao leite de vaca, alergias em geral, morte súbita no berço, e ainda melhorando o desenvolvimento intelectual e neurológico da criança.

A médio prazo, reduz a incidência de cáries dentárias, defeitos ortodônticos, distúrbios da fala, doença celíaca, dentre outras.

A longo prazo, reduz a incidência de doenças cardiovasculares, hipertensão arterial, diabetes, linfomas, osteoporose, obesidade, esclerose múltipla, problemas fonoaudiológicos e outras patologias.

Vantagens para a mãe:

Eleva os níveis séricos de ociticina, aumentando a contratilidade uterina e reduzindo o sangramento e hemorragias pós-parto, bem como a incidência de câncer de mama e ovários, de osteoporose, de anemia. Por estar sempre pronto e disponível, na temperatura ideal, dá menos trabalho e aumenta o intervalo entre os partos. Desta forma, a amamentação atua como método anticoncepcional seguro durante o período em que o bebê permanece com o aleitamento materno exclusivo, sem uso de água, chás ou qualquer outro alimento.

Vantagens para a família:

Melhor nutrição, mais saúde, menos gasto, pois o leite para ser produzido não necessita de despesas adicionais ao orçamento. Dá menos trabalho e propicia maior interação e satisfação entre os familiares.

Vantagens para a sociedade:

A amamentação influencia na redução dos índices de morbimortalidade infantil, refletindo em menos gastos nos serviços de saúde e maior chance de implementação de políticas públicas de prevenção das doenças.

D) *Como o leite é produzido*

As mamas femininas são órgãos glandulares formados por um conjunto de 15 a 18 estruturas arredondadas que se assemelham a cachos de uva, chamados alvéolos. Neles, estão localizadas as células produtoras de leite. Os alvéolos, por sua vez, estão ligados por finos canais chamados ductos que se juntam a um canal mais grosso que termina na área abaixo da aréola mamária, área arredondada e mais escura do peito, comunicando-se para fora do peito pelos poros mamilares. O leite é produzido nos alvéolos, a partir do sangue, sendo impulsionado por meio dos canais (ductos) saindo pelos orifícios mamilares.

O volume das mamas não é indicativo de maior ou menor produção de leite. O tamanho é determinado basicamente pela quantidade de tecido gorduroso que varia de mulher para mulher e depende de características familiares, idade, gestação e lactação. A produção começa mediante estímulos hormonais durante a gestação. O volume produzido, após o nascimento, quando se iniciam estímulos neuro-hormonais desencadeados pela sucção, aumenta na proporção da demanda, adequando-se integralmente a toda necessidade do bebê.

E) Como a mama funciona

Durante a gravidez, dois hormônios, estrógeno e progesterona, preparam as mamas para a amamentação. Após o parto, os níveis sanguíneos destes hormônios caem ao mesmo tempo que se elevam os níveis de dois outros hormônios que determinam o início da produção de leite no peito.

O hormônio chamado *prolactina* age nas células produtoras de leite determinando aumento no volume. O outro, chamado *ocitocina*, age nos músculos que envolvem as células produtoras, determinando a expulsão do leite. A sucção do bebê estimula as terminações nervosas localizadas na aréola mamária. Os impulsos nervosos desencadeados estimulam a liberação de prolactina e ocitocina, fundamentais na produção e manutenção da lactação.

Ansiedade, angústias, preocupações, dores, cansaço e demais fatores emocionais, assim como interferências, orientações e informações errôneas, podem refletir numa redução do volume do leite produzido, causando bloqueio no mecanismo neurológico. A produção se restabelece logo após a remoção da causa.

O leite, secretado nos primeiros sete dias após o parto, é chamado *colostro*. Habitualmente, é amarelado e muito rico em proteínas de defesa, sendo por isso chamado de primeira vacina.

O leite secretado entre 7 e 14 dias após o parto, é chamado *leite de transição* por se modificar, tornando-se mais claro, também muito rico em proteínas. O *leite maduro* é aquele secretado após os 14 dias, é mais claro e muito rico em fatores de defesa e em todos os nutrientes necessários para o melhor crescimento e desenvolvimento do bebê humano.

O leite que surge no início da mamada é rico em proteínas, açúcar, vitaminas, minerais e água. O leite que surge do meio para o final é mais rico em gorduras e leva a uma maior saciedade. Portanto, a extração do leite anterior e posterior é fundamental e decisiva no sucesso da amamentação. Quando isto não ocorre, muitas mulheres passam a pensar que têm pouco leite ou que seu leite é fraco.

F) *Como amamentar*

A amamentação deve ser confortável e prazerosa para a mãe e segura para o filho. Toda mulher após o parto, a princípio, está apta para o aleitamento natural. A sua posição deve ser a mais confortável, quer seja sentada ou deitada. O bebê deve estar acordado e calmo, com o corpo alinhado e totalmente voltado para o corpo da mãe, de forma que a sua barriga fique encostada na barriga da mãe e a cabeça esteja apoiada na dobra do cotovelo. A mãe deve segurá-lo firme pelas nádegas. Com o bebê nesta posição, deve-se aproximar a boca do mamilo, buscando o desencadear dos reflexos de busca e procura. Quando o mamilo toca a boca, de imediato o bebê vira para o lado tocado e abre bem a boca. É importante que, neste momento, ele seja bem aproximado de forma a permitir a introdução do mamilo e pelo menos dois terços da aréola mamária. Desta forma o bebê vai conseguir extrair todo o leite de que necessita.

Posicionar erradamente e deixar abocanhar somente o mamilo é o que faz a criança mamar por muito tempo e com intervalos curtos, chorar demasiadamente ou não ganhar peso. Estas são situações que também fazem as mulheres pensar erradamente que têm leite fraco ou pouco leite.

G) *Por que é importante promover educação em amamentação*

As influências sociais – culturais, religiosas, políticas, emocionais, ideológicas – plasmam desde muito cedo as atitudes e as visões de mundo do ser humano. As crenças e os sentimentos do que é certo ou errado surgem das cotidianas e imperceptíveis influências de parentes, amigos, professores, comunicadores, religiosos, escritores, de todos, enfim, que exercem algum papel na condução da sociedade.

E, hoje, mais do que nunca, essa influência se amplia e se diversifica nas formas mais poderosas de comunicação e disseminação da informação: cinema, TV, computadores em rede (*Internet*). Tudo contribui para a rapidez de informações e contra-informações, deixando muitas vezes o consumidor e usuário desses meios num estado de perplexidade e desorientação.

O aleitamento materno não escapa dessas flutuações, nas quais se dá a preponderância do papel da *mídia* nos jogos de interesse do mercado.

Coloca-se, então, o problema de como a escola pode colaborar efetivamente para que a amamentação seja aceita como uma prática saudável e a melhor, a mais positiva e a mais correta forma de alimentar o ser humano, desde os primeiros momentos de vida. Como resgatar a amamentação a partir da escola, informando e construindo comportamentos duráveis, uma vez que a amamentação é a melhor forma de promover a saúde e garantir um lastro sólido para a criação de condições de competitividade e igualdade de oportunidades aos cidadãos de uma sociedade democrática?

A abordagem que se pretende é a da inserção da amamentação nos conteúdos curriculares, não como um tema arbitrário, artificial ou surgido por mero modismo de campanhas aleatórias ou eventuais, mas como algo a ser construído, elaborado e reelaborado constantemente pela escola e seus principais agentes: o aluno e o professor.

Mesmo não sendo da nossa competência dar lições do que deve ser um currículo, gostaríamos ao menos de manifestar nossa opinião do que – a nosso ver – poderia ser um conteúdo curricular criativo e capaz de incorporar organicamente a temática do aleitamento materno.

Antes de tudo, não cremos nos currículos – receita de bolo – que vêm prontos e preparados de cima para baixo, empacotados e prefixados, nos mínimos detalhes, em textos fechados. Pois o currículo, antes de ser concebido como fórmulas acabadas em textos didáticos, deve ser bem mais um processo que envolva aluno e professor, com o estímulo das estruturas escolares e de todos os meios de que estas dispõem, inclusive dos bons textos de apoio, comunicativos e provocadores dessa mesma criatividade.

Excluir a iniciativa do aluno e do professor na criação de situações didáticas, de ensino-aprendizagem, para veicular os conteúdos curriculares, seria atitude ultrapassada e que não mais se adequa, no caso específico da amamentação, a uma busca de informação e a criação de comportamentos que levem em conta o meio social, o ambiente, a comunidade, onde estão inseridos esse aluno, esse professor e essa escola concreta.

Desse modo, a elaboração e a reelaboração dos conteúdos curriculares, que darão conta da importância da amamentação, precisam da participação direta não só dos profissionais que escrevem textos, editam revistas e livros, produzem vídeos, fitas e programas de computador voltados para a escola. É preciso que todos esses meios levem em conta também a necessidade de serem reelaborados e reutilizados num processo mais vivo, mais criativo e mais próximo da vida da escola, do professor e do aluno.

Se existe o problema de fundo do despreparo do professor para liderar e comandar esse processo, contudo, a reelaboração de qualquer material produzido longe da escola é imprescindível para que sejam levados em conta os valores, as crenças, as visões de mundo também daqueles aos quais os textos, as fitas, os programas e demais instrumentos de trabalho didático se destinam.

Todos os instrumentos auxiliares, produzidos como recursos didáticos e construção de conteúdos curriculares, devem levar em conta esse papel ativo e criativo, elaborador e reelaborador de professor/aluno no processo mesmo de produção do ensino-aprendizagem a fim de que eles assumam uma postura interessada, motivante, heurística, de busca e de pesquisa constante das informações mais próximas de suas próprias vivências.

A título de exemplo, poderia ser dada a necessidade urgente de desconstruir e implodir a imagem da chupeta como símbolo da infância. Os textos e outros materiais a serem produzidos deveriam ajudar professor e aluno na busca das informações e contra-informações (desinformações ou informações propositadas e subliminarmente desorientadoras) da prática da amamentação em sua realidade mais próxima: prestando atenção para os anúncios de TV ou propagandas em jornais e revistas (encartes), falas e cenas de personagens das novelas, além de estimular a visita e a entrevista com mulheres que amamentam e o fazem prazerosa e corretamente.

A escola, em muitas ocasiões, operando criativamente a construção de seu próprio currículo, com os estímulos de textos e outros materiais didáticos, produzidos fora, poderia assim dar um lugar de destaque à amamentação e torná-la presente em várias matérias, organizadas hoje em disciplinas (biologia, história, geografia, química, literatura, artes cênicas e plásticas etc.). Tiraria, assim, do isolamento e do exotismo um assunto tão fundamental, manipulado direta e indiretamente pela *mídia*, mas distante de uma escola capaz de assumi-lo crítica e criativamente, como já procedeu com a ecologia, a educação para o trânsito etc.

Sônia Salviano é pediatra e presidente do Departamento Científico de Aleitamento Materno da Sociedade Brasileira de Pediatria.

A NECESSIDADE DE LER BONS LIVROS

Diante da variedade de livros para o público infantil e juvenil publicados no País, pretende-se refletir sobre a necessidade e a importância de se oferecer livros de qualidade. Os livros no mercado, nas escolas e nas bibliotecas podem ser considerados de qualidade? O que define um bom livro? Por que é necessária a leitura de livros que tenham qualidade de texto, ilustração e projeto gráfico?

A LEITURA DE BONS LIVROS DE LITERATURA: REFLEXÕES E VIVÊNCIAS

Marisa Borba

Fala-se muito em ler, em hábito de leitura, em gosto pela leitura, em prazer de ler, em felicidade de ler, em partilhar a felicidade de ler textos literários. O tema de nosso encontro trata da necessidade de ler bons livros, o que nos remeterá a algumas reflexões iniciais.

O que é um bom livro?
O que devemos ler?
O que os alunos devem ler?
Como devemos ler?
Os livros das bibliotecas escolares e públicas podem ser considerados de boa qualidade?
Os livros "mais vendidos", os livros que os alunos lêem nas escolas são de boa qualidade?
E, finalmente, por que é necessário ler livros que tenham qualidade de texto, de ilustração e de projeto gráfico? (Sim, porque nos parece que já partimos de um ponto em comum: é necessário ler livros!)

No entanto, não podemos dissociar estas perguntas de uma questão maior e mais ampla: que sociedade queremos construir? Se optamos por uma sociedade mais justa e democrática, onde todos tenham acesso à educação, à cultura, ao esporte, ao lazer, ao emprego, à moradia, ao saneamento básico, à saúde, uma sociedade na qual efetivamente haja participação democrática (inclusive nas decisões sobre o uso das verbas públicas), onde haja qualidade social na prestação dos serviços, precisamos, sim, estar mais atentos às questões aqui colocadas.

Queremos apenas uma minoria apropriada da literatura? Apenas uns poucos que a herdaram de seus pais ou a conheceram em "bons colégios" e que serão os dirigentes do futuro?

Ou queremos uma sociedade democrática que considere o acesso à Literatura como direito básico e inalienável do cidadão?

Precisamos pois estar muito atentos aos textos que são apresentados aos nossos alunos.

Conversando com professores do Rio e de outras cidades do Estado do Rio de Janeiro e também do Brasil, algumas perguntas são sempre recorrentes, quando falamos sobre importância do professor leitor na formação do aluno leitor.

– "Como comprar livros se ganhamos tão mal?"

– "Como promover o gosto pela leitura se nossas escolas não têm bibliotecas? (ou então não tem o profissional para fazê-la funcionar?)"

Nestas ocasiões tentamos sempre promover uma mudança de paradigma, mostrando aos professores que ler é um direito e não um dever. E direitos são conquistados nas lutas coletivas e não doados pelos governantes. Nesta luta pelo direito de ler, incluímos a luta por uma Política de Leitura que seja implementada para atingir a todos. Pais, professores, educadores, bibliotecários, toda a comunidade precisa ter acesso à variedade, quantidade e qualidade de livros, para que assim façam suas escolhas e se tornem cidadãos críticos em uma sociedade leitora.

Em relação às bibliotecas escolares e/ou comunitárias que não funcionam, ou funcionam de uma forma ineficiente, lembramos que educadores (professores, bibliotecários, ou voluntários-membros das comunidades e até mesmo alunos) têm encontrado soluções originais e bastante criativas para equacionar estes problemas. Eles acreditam na proposta, organizam-se e lutam por este direito; até conseguirem. Este fato é evidenciado pelo 5º ano consecutivo, por meio do Concurso FNLIJ/Proler "Os Melhores Programas de Incentivo à Leitura junto a Crianças e Jovens de todo o Brasil", promovido pelo Programa Nacional de Incentivo à Leitura (Proler) e Fundação Nacional do Livro Infantil e Juvenil (FNLIJ).

Claro que a preocupação com bons livros não nos levará ao banimento de livros ou proibição de certos textos, mas sim à indicação, apresentação ou leitura para nossos alunos de outros textos.

Precisamos também ter clareza sobre o que os meios de comunicação de massa nos oferecem, nos acenam ou nos escondem, sobre os livros que queremos ler e os que nos são oferecidos.

Não propomos listas de "livros proibidos ou ruins", pois isto seria simplificar por demais a questão. Sugerimos o exercício do espírito crítico, o desenvolvimento de opiniões a respeito de livros, propomos a formação de cidadãos críticos.

Este foi o caminho que buscamos...

Nossa prática pedagógica fundamenta-se na Arte-Educação e a construção da leitura sempre mereceu cuidados especiais; buscamos oferecer diferentes oportunidades para a formação do leitor crítico.

Já nas turmas de Educação Infantil a leitura de histórias para os alunos tem como contraponto ouvir e registrar histórias criadas pelos alunos. "A fala além de organizadora da experiência é transformadora do vivido" (Vygotsky). Outras atividades importantes são o manuseio de livros e revistas, o manuseio de livros de pano, de plástico, os livros-brinquedo, os livros de imagens, o ouvir e cantar acalantos, os brinquedos de roda, ouvir e repetir trocadilhos, trava-línguas, adivinhas e ditos populares. Uma pequena biblioteca de classe já se faz necessária para que os alunos desde então tenham contato com o livro de literatura.

Entrando nossos alunos na Classe de Alfabetização (ou 1º Ciclo de desenvolvimento), o cuidado na escolha do método ou processo de alfabetização é fundamental. Caso seja usada uma cartilha é preciso atenção com o texto e com as ilustrações para que estereótipos não sejam sedimentados, principalmente em relação a gênero e etnia. Com o livro de literatura será preciso oferecermos oportunidades para que os alunos se expressem criadoramente por meio da palavra oral e escrita, das artes plásticas e visuais, da dança, da expressão corporal, da construção etc. Os textos criados pelos alunos (orais e registrados pelo professor e depois totalmente escritos pelos alunos) servem também como material de leitura.

Durante todo o Ensino Fundamental o partilhar leituras com os alunos deve ser constante, assim como a freqüência às bibliotecas da classe, da escola e da comunidade devem ser incentivadas e uma sinergia deverá ser buscada. Envolver toda a comunidade escolar em Feira de Livros, visitas a livrarias e bibliotecas, debates e reuniões informais, projeção de filmes e vídeos, contação de causos e histórias, conversa com autores e ilustradores, será uma ferramenta fundamental para o exercício da cidadania e para a construção de uma sociedade democrática e multicultural, porque leitora crítica.

Visitando o I Salão do Livro para Crianças e Jovens, realizado em novembro de 1999, no Museu de Arte Moderna, na cidade do Rio de Janeiro, observamos alunos do 2º ano do Ensino Médio, da Escola Normal Heitor Lira que conversavam com o escritor Antonio Torres. Uma das alunas questionou o fato de os professores escolherem o livro que todos deveriam ler. Disse ela:

– Por que o professor não levava um "cestão" de livros para que todos escolhessem?

"O problema é o professor escolher um livro que às vezes não tá de acordo com nosso interesse", disse outra aluna. Um aluno comentou que o professor poderia sugerir um livro para uma turma e outro para outra turma, no mínimo.

Ouvir os alunos, refletir, atender a seus desejos, interesses e expectativas, abrir o leque de opções, já me parece uma boa perspectiva... É preciso proporcionar situações para que os alunos opinem, escolham, selecionem. Estes alunos da Escola Heitor Lira já sabem disso!

Ao se pensar sobre os livros que se oferecem às crianças e jovens, lembremo-nos que não existe obra cultural inocente; todas estão carregadas de uma determinada visão de mundo (a do autor). Uma boa maneira para não ficarmos enredados na concepção de mundo dos outros e por ela não sermos manipulados é desenvolvendo uma leitura crítica, escolhendo bons livros e oferecendo uma grande diversidade de livros, diversidade capaz de fazer com que um texto discorde do outro, conteste-o e sugira outras alternativas. É importante a leitura de livros variados, de culturas e opiniões diversas, com visões de mundo diferentes umas das outras, de modo que a leitura de um dialogue permanentemente com a dos outros. Assim cada leitor irá se enriquecendo e a sociedade irá tecendo sua multiplicidade. Logo, se achamos estes pressupostos interessantes e queremos montar ou revigorar uma biblioteca aí teremos subsídios para seu acervo básico: livros de imagens, clássicos da leitura infanto-juvenil (Grimm, Andersen, Contos da Mamãe Gansa), a coleção de Monteiro Lobato, Poesia, livros informativos, dicionários, enciclopédias, autores que façam parte da moderna literatura infantil e juvenil, assinatura de jornais e revistas. A variedade de autores e materiais de leitura poderá fazer da biblioteca um lugar freqüentado pelos alunos para ler textos literários, com prazer e não somente para realizar suas pesquisas escolares.

Em nossa experiência em bibliotecas de escolas públicas e particulares no Município do Rio de Janeiro buscamos trabalhar principalmente com duas propostas: a "leitura livre" e o "debate". Na primeira, os alunos apanhavam o livro de seu interesse nas estantes e liam na própria biblioteca. Liam e depois trocavam opiniões com os colegas, se quisessem. O debate consistia na escolha que fazíamos de um determinado título. Anunciávamos o que iria acontecer. Os alunos se inscreviam, liam o livro e no dia marcado, nos reuníamos na biblioteca para discutir sobre o livro. Era uma discussão orientada por perguntas que planejávamos com antecedência; somente oito ou dez alunos participavam de cada vez, para que cada um tivesse vez e voz a cada tópico discutido ou questão levantada.

Estas duas atividades eram paralelas, concomitantes, completavam-se dialeticamente.

Para os "debates" buscamos indicar "bons livros", livros de autores contemporâneos da moderna Literatura infanto-juvenil, autores que trabalham com a desconstrução de modelos clássicos, tradicionais ou que fazem denúncias de algum tipo de opressão, que promovem rupturas com o discurso do dominante, de forma radical ou não. Assim, a partir dos anos 70, pudemos trabalhar com *A fada que tinha idéias*, de Fernanda Lopes de Almeida, em que aparece uma proposta de reforma da estrutura familiar. *A curiosidade premiada*, também de Fernanda Lopes de Almeida, apresenta uma personagem feminina curiosa, questionadora, que tenta obter respostas para todas as suas perguntas. *Maria-vai-com-as-outras*, de Silvia Orthof, mostra a ovelha Maria que só ia onde as outras iam e que sofria as conseqüências de não pensar pela própria cabeça, de ter criticidade, de refletir e tirar conclusões... E assim muito pode ser conversado, pensado, discutido!... *Era uma vez duas avós*, de Naumim Aizem e Patrícia Gwinner, nos mostra diferenças entre duas avós, com modos distintos de encarar a vida e como se pode tirar proveito da convivência com pessoas que pensam e agem diferente de nós. Temos aí a riqueza da complexidade humana. *Mudanças no galinheiro mudam as coisas por inteiro*, de Silvia Orthof, conta a história de uma galinha que resolveu cantar de galo e assim promove grandes mudanças no galinheiro. *Faca sem ponta galinha sem pé*, de Ruth Rocha: este livro conta a história de dois irmãos (um menino e uma menina) que recebiam uma educação diferenciada, o que leva a sérios atritos entre eles. Bem, não vou contar o final. Em *O soldado que não era*, Joel Rufino dos Santos nos traz a saga de Maria Quitéria, de forma muito rica e interessante, propiciando uma boa discussão sobre preconceitos.

Vários textos de Lygia Bojunga e Ana Maria Machado neste sentido, são revolucionários.

Em *Angélica* e *A bolsa amarela*, Lygia coloca a menina no interior do grupo familiar, questionando, refletindo, buscando reverter situações incômodas. Angélica nega a mentira sobre a qual se apóia a celebridade das cegonhas. Raquel, a dona da bolsa amarela, sente o peso de ser criança e mulher e suas vontades de ser menino, adulto e escritora crescem dentro da bolsa amarela. Maria, personagem de *A corda bamba*, apresenta uma autêntica emancipação. Em *Tchau!* encontramos a coragem enorme de uma mãe que larga a família para viver uma grande e maravilhosa paixão, realizar seus desejos. A filha questiona a desagregação familiar, e se sente dividida entre o pai e a mãe. Lygia faz uma ruptura com o modelo de mulher adulta de comportamentos tradicionais e também faz uma crítica à filha que não entende a reação da mãe. Lygia consegue assim com esta pluralidade de pontos de vista dialogar com as múltiplas linguagens sociais.

No conto "A moça tecelã", de Marina Colasanti, do livro *Doze reis e a moça do labirinto do vento*, há o questionamento do mito de que o casamento resolve o problema da solidão da mulher e a submissão aos padrões comportamentais estabelecidos pela sociedade. Ao tecer o tapete, a moça constrói e reconstrói a sua vida...

Ana Maria Machado, em muitas de suas obras, nos presenteia com protagonistas que assumem atitudes de rebeldia ante a passividade reinante, que buscam mudanças e conseguem seus objetivos, juntando-se a outros, usando de cooperação e solidariedade, sobressaindo o espírito coletivo ao individualismo. Descubra este universo maravilhoso!

Ruth Rocha, em *Procurando firme*, apresenta situações que também podem ser discutidas sobre a questão da educação diferenciada menina/menino.

Lembro-lhes ainda alguns autores que tratam com muita sensibilidade e visão crítica os excluídos sociais. Em diferentes momentos recorremos a estes textos literários que refletem uma grande preocupação social: *O Praça Quinze*, de Paula Saldanha, que saiu da realidade para a ficção. *Criança é coisa séria*, de Roseana Murray que, num texto poético, apresenta os direitos da criança e do adolescente.

Entrevidas, também de Paula Saldanha, *Coisas de menino*, de Eliane Ganen, *Rosarito rosa-choque*, *Zé Beleza* e *Nus, como no Pontal*, de Terezinha Éboli, nos mostram um Brasil geralmente ocultado pela escrita literária mais tradicional.

Todos estes textos foram discutidos com alunos de diferentes idades, diferentes níveis de desenvolvimento, diferentes camadas sociais e econômicas e diferentes concepções de mundo. Em todos os grupos encontramos a complexidade do pensamento humano e também grandes surpresas. Surpreenda-se você também!

Concluindo, podemos afirmar que o bom livro tem mais a ver com Arte do que com Ensino, leva a formulação de perguntas, a indagações, não apresenta estereótipos como pontos de partida, tem qualidade estética, um potencial rico, com muitas significações.

O bom livro não é um ponto de chegada e sim um ponto de partida para outras leituras, de textos e de mundo. O bom livro dá vontade de não acabar, de ler mais, de continuar descobrindo cada vez mais situações inesperadas, mais emoções, mais autores.

A boa leitura os fará pensar, questionar, decifrar e interrogar e, depois de nos exigir algum esforço, nos fará sair dela diferentes, transformados de alguma forma.

O bom livro é atraente, não é aquele que está na moda ou fora de moda, não é fácil ou difícil, simplesmente nos atrai e é capaz de viver dentro de nós.

Mas livro não é mais aquele objeto sacralizado, que vivia no alto das estantes e que tínhamos que tocar com muito cuidado. Livro não é um mito... e nem todo livro é bom. Com certeza nos lembraremos de alguns livros que interrompemos, que deixamos de lado, que pulamos páginas, que nos livramos rapidamente. Há livros que nada acrescentam.

Certa vez fizemos uma pesquisa com os alunos sobre os livros que leram e não acrescentaram nada, os livros que não gostaram etc. Este estudo serviu como subsídio para conversas com os professores e também para novas aquisições para nosso acervo.

Voltemos ao saudável e antigo hábito de dar livros de presente para nossos filhos, nossos alunos, nossos amigos e familiares. E na hora de comprar estes livros ou outros para a biblioteca, para indicar a alguém, vamos escolher o que gostamos e o que queremos. Digamos não àquilo que nos impõem, seja por meio de publicidade bem-feita, de descontos simpáticos ou da massificação que faz do livro uma mercadoria de consumo.

Gianni Rodari, em seu belíssimo *A gramática da fantasia*, assinala: "Todos os usos da palavra a todos parece um problema, sonoramente democrático, não exatamente porque todos sejam artistas, mas porque ninguém é escravo", e assim corrobora nossa tese da necessidade da leitura de bons livros, porque esta é a leitura que nos dá argumentos para que não nos intimidemos, porque a palavra é um instrumento de libertação.

Em nossa prática político-pedagógica promovemos a leitura concomitantemente ao desenvolvimento da crítica, da análise, da conclusão, da reflexão, do questionamento, da observação, da síntese, da capacidade de avaliar, de pesquisar, de relatar, de resumir, de argumentar, por meio de experiências de expressão criadora.

Assim podemos dizer que, pelo desenvolvimento da expressão criadora e pela leitura de bons livros de literatura, atingiremos um desenvolvimento mais pleno dos indivíduos, com mais consciência da importância de sua participação nas decisões coletivas.

Referências Bibliográficas

LOWENFELD, W. L. Brittain. *Desenvolvimento da capacidade criadora*. Rio de Janeiro: Mestre Jou, 1977.

MACHADO, Ana Maria. *Conversas sobre leitura e política*. São Paulo: Ática, 1999.

PENNAC, Daniel. *Como um romance*. Rio de Janeiro: Rocco, 1993.

RODARI, Gianni. *A gramática da fantasia*. São Paulo: Summus Editorial, 1982.

VYGOTSKY, Lev Semenovich. *A formação social da mente*. São Paulo: Martins Fontes, 1991.

Marisa Borba é pedagoga com experiência em alfabetização, bibliotecas escolares da rede pública e particular e formação continuada de professores.

SELEÇÃO DE LIVROS
PARA CRIANÇAS E JOVENS

A FNLIJ há mais de 28 anos seleciona e premia livros para crianças e jovens. Em 1999, a FNLIJ foi contratada pelo MEC para selecionar um acervo de livros de literatura e informativos para as escolas públicas dentro do Programa Biblioteca na Escola. Escolher um livro para o filho, para o aluno, para a criança/jovem na maioria das vezes é tarefa difícil para os adultos. Que critérios norteiam a seleção de obras de qualidade? Como selecionar livros para crianças e jovens adequados ao nível de leitura de cada um? Foi ainda objetivo desta mesa-redonda discutir a escolha e composição de acervos destinados a programas de leitura e a aquisição de obras pelo Governo, secretarias de educação e escolas.

SELEÇÃO DE ACERVOS DE LIVROS PARA CRIANÇAS E JOVENS

André Muniz de Moura

Criada em 23 de maio de 1968, a Fundação Nacional do Livro Infantil e Juvenil (FNLIJ) é uma organização não-governamental, sem fins lucrativos. Desde seu início, vem desenvolvendo intensas ações com o objetivo de promover a leitura e estimular a qualidade artística na produção editorial para crianças e jovens em nosso país. Como seção brasileira do International Board on Books for Young People (IBBY), órgão consultivo da Unesco, atua também na divulgação da cultura literária brasileira no exterior e no intercâmbio de artistas estrangeiros, que trocam suas experiências com os nossos artistas.

A presença da FNLIJ teve – e tem – uma importância histórica no que se refere à História da Literatura Infantil e Juvenil Brasileira nas últimas três décadas. Como conseqüências da ação incisiva e benfazeja da Fundação poderíamos, *grosso modo,* elencar: o respeito que o gênero adquiriu dentro e fora do Brasil, tanto no âmbito acadêmico quanto no do público leigo; alto nível gráfico de sua produção, com temas polêmicos e de crucial importância que outrora eram menosprezados nos catálogos das editoras passando a ser abordados nos livros, de forma inteligente e sensível; a relação dos profissionais – escritores, ilustradores, programadores visuais – com as editoras. Ou seja, se hoje em dia a Literatura Infantil e Juvenil Brasileira alcançou um patamar de reconhecimento internacional de sua qualidade e singularidade, sem dúvida alguma que a FNLIJ desempenhou um papel preponderante para a consolidação deste cenário. Caso levemos em conta suas dificuldades de ordem financeira e de infra-estrutura, mazelas recorrentes em entidades que atuam nas áreas da educação e cultura, as conquistas atingidas por esta instituição não-comercial atingem um destaque ainda maior.

O cerne do trabalho da FNLIJ está na seleção de acervos de publicações literárias para crianças e jovens, um processo cuidadoso e contínuo, envolvendo especializados profissionais de todo o País, que voluntariamente avaliam a produção editorial para a infância e juventude de nosso país. Desde 1974, com a instituição do "Prêmio O Melhor para a Criança", pais, profissionais de educação, cultura e áreas correlatas possuem paradigmas de qualidade, norteados pelo conceito do objeto-livro. Tal definição encerra a concepção do livro para a criança e para o jovem em sua totalidade, o livro encarado como uma obra de arte, como objeto estético. Cada um de seus aspectos formais e conceituais é avaliado por um grupo de especialistas (pedagogos, arte-educadores, profissionais da área de Letras, bibliotecários, entre outros).

André Muniz de Moura, mestre em literatura pela UFRJ, faz parte da equipe da FNLIJ.

UM OLHAR SOBRE A LITERATURA INFANTO-JUVENIL CONTEMPORÂNEA

Rosa Maria Cuba Riche

Literatura infanto-juvenil contemporânea: texto/contexto-caminhos/descaminhos

> *O valor artístico de uma obra parece residir na maior ou menor apreensão que o texto realiza da situação do ser humano confrontado com a realidade da história e do Inconsciente (em especial o mito, mantido pelas formações discursivas do Inconsciente).*
>
> Muniz Sodré

Refletir sobre as tendências atuais da literatura infanto-juvenil contemporânea requer analisar as relações de produção, ou seja, o texto, os temas e os reflexos na estética da obra, o contexto em que ela foi gerada, a sua circulação (que caminhos percorre o livro até chegar às mãos do leitor), a recepção e o consumo (quem é esse leitor).

Para entender a sociedade contemporânea é preciso levar em conta as peculiaridades do contexto que se vem chamando de Pós-Modernidade ou Modernidade tardia.

O que se entende por Pós-Modernidade?

Para alguns estudiosos estaria ligada ao Pós-guerra, que inaugura uma nova era, surge também associada à modernização social, ao que se pode chamar de era Pós-industrial que trouxe mudanças profundas do setor industrial para o terciário (prestação de serviços), acredita Don Bell.

Muitos são os tópicos desse debate que toma corpo nas décadas de 60 e 70, momento em que a literatura infantil brasileira ganha impulso, e não se pode juntar tudo num amálgama de tendências.

Uns acreditam que a Modernidade esgotou-se e uma nova época se inicia; outros afirmam que não houve mutação real, mas uma crítica a um projeto não concluído de Modernidade. Para alguns houve um salto para a frente; para outros, uma fuga para o passado. Seria uma vanguarda ou uma regressão ao arcaico?[1]

A razão propagada pela Modernidade, que organizou o social marcado pelo agigantamento das cidades, é denunciada como um instrumento de Dominação. Há uma crítica forte por parte de filósofos, teóricos e estudiosos da sociedade em relação a essa Razão que alijou diferenças, crenças e mitos. As críticas são feitas nos diversos campos de abrangência – econômico, social, moral e cultural – resultando em modificações qualitativas operadas no cotidiano. A máquina, símbolo da Modernidade, foi substituída pela informação e a fábrica pelo *shopping center*. "A estética invade os objetos tornando-os mais atraentes.[2]"

Uma característica comum a todas as descrições da sociedade Pós-Moderna é ver o social como um fervilhar incontrolável de multiplicidades e particularismos, não importando se alguns vêem nisso um fenômeno negativo de uma tecnociência que programa os homens para serem átomos, ou se será um fenômeno positivo, sintoma de rebeldia da sociedade a qualquer tipo de totalização.

À cultura e à racionalização do mundo, opõem-se a religião e o misticismo. A crença no além é um sintoma de crise no projeto moderno que leva ao ceticismo, à descrença nas instituições. Hoje, percebe-se uma busca de consolo transracional.

Para Weber, o mundo foi desencantado pela ciência. Hoje as tentativas são de reencantar o mundo. Volta-se à religação – religação-religião. Propagam-se o islamismo, o judaísmo, o calvinismo, o cristianismo, a evangelização, a televangelização em oposição à ciência que representa a ruptura.

O que mudou na cena Moderna Social para a Pós-Modernidade?

Não se pode negar que houve uma mudança nas bases institucionais e de operação dentro das quais se desenvolve a cultura latino-americana, em que se insere também o Brasil. O mundo rural perdeu a importância em favor da cultura urbana, a alfabetização em massa substitui as tradições orais de preservação e transmissão da cultura. A escolarização se impôs não só como regime de introdução à disciplina do trabalho, mas também como introdução ao universo socialmente valorizado.

Na sociedade de massa, aboliu-se a distinção entre o espaço público e o privado, os mitos perpassam e criam a sociedade de consumo. Passa-se de espaços nacionais para multinacionais. Não há um rosto definido, e a burocracia foi elevada ao máximo. Tudo é simulação e simulacro. O real é visto por meio de símbolos.

A cena urbana Pós-Moderna é incontrolável, múltipla, cheia de fragmentos e particularidades. A cena social é plural. À totalidade da Modernidade, coloca-se o fragmento da Pós-Modernidade.

Como seria o homem inserido nesse contexto multifacetado e pluralista?

Há uma crise de valores do sujeito que circula pela cidade em busca de sua identidade, nesse espaço ligado à urbanização e à tecnologia que marca o social. A nova realidade urbana, a ampla mudança do campo para a cidade, a tecnologia, a burocracia são fundamentais para pensar o homem dos dias atuais e isso não existia no passado. Há diferenças de ritmo entre a base da sociedade industrial e a cultural.

Segundo Linda Hutcheon, o poder varia de posição na Pós-Modernidade, uma vez que se descobre que está em toda a parte. Assim, o centro dá lugar às margens, a verdade universal se desconstrói e gera uma complexidade de contradições dentro do sistema estabelecido. O conceito essencialista de mulher, com valores, comportamentos e atitudes típicas do sexo preestabelecidos pela sociedade opressora não é mais aceito. Os sujeitos individuais fixos dão lugar a identidades contextualizadas por gênero, raça, identidade étnica, preferência sexual, educação e função social. O sistema social é implodido por manifestações de insatisfação dos que vivem à margem da sociedade: negros, mulheres, índios, homossexuais, sem-terra etc.

A literatura infantil nasce na virada da Modernidade para a Pós-Modernidade e vai refletir esteticamente esse sistema social complexo vivendo entre o pré-capitalismo de algumas regiões (Norte e Nordeste), onde a urbanização não chegou e as grandes cidades, verdadeiras ilhas de excelência, com tecnologia de ponta informatizada e de fácil acesso aos bens de consumo.

No eixo Sudeste/Sul, está centralizada a grande maioria das editoras que, além da literatura dita "adulta", publicam livros para crianças e jovens, distribuem e fazem circular a produção pelo Brasil.

O livro transformado em bem cultural dessa sociedade de consumo, nem sempre é de fácil acesso ao leitor ao qual se destina, apesar de a vasta produção de títulos responsável por uma grande fatia do mercado editorial. Segundo dados fornecidos pela Fundação Nacional do Livro Infantil e Juvenil, foram publicados 1.422 títulos de literatura infantil, 746 de literatura juvenil em primeira edição, perfazendo um total de 2.168 títulos em 1997. Neste mesmo ano, foram reeditados 5.295 títulos de literatura juvenil e 7.037 de infantil.

Mas o que se produz? Quais as tendências estruturais dessa literatura?

A produção é heterogênea, com grande diversidade temática, havendo uma tendência voltada para a discussão de questões existenciais. Quanto às peculiaridades formais, há uma preocupação maior com a linguagem, num trabalho tanto no nível do significante quanto do significado.

Assim como nas outras áreas do conhecimento e das artes, como a arquitetura, em que se observa a tendência de misturar ou recuperar estilos anteriores, o que torna possível encontrar uma coluna grega com um vidro blindex na portaria de um prédio, também na literatura infantil convivem o velho e o novo.

Por meio do pastiche, em *A mão na massa* (1990), Marina Colasanti retoma o estilo italiano renascentista como inspiração para suas ilustrações. Tato, ao ilustrar o livro *Doce, doce... e quem comeu regalou-se!* de Sylvia Orthof (1987), recria o universo do mestre flamengo Peter Brueguel. O mesmo acontece em *Ofélia, a ovelha* de Marina Colasanti (1989).

Outra forma de revisitar antigos textos e estilos é pela paródia, com base na linhagem dos contos de fada. Situações e valores cristalizados pela história são retomados num outro texto que inverte o sentido do texto original e com ele dialoga numa espécie de contracanto. Trata-se de um jogo intertextual, em que um texto se opõe diretamente ao original. Ao inverter, promove uma re-apresentação da voz do outro que ficou recalcada, uma nova maneira de ler o convencional, um processo de liberação do discurso.[3] Assim, Flávio de Souza, em *Que história é essa?*, retoma o conto de fadas tradicional e narra sob o ponto de vista dos personagens secundários. No caso de *HOZ MALEPON VIUH ECHER ou O caçador*, um dos contos do livro em que até o título é invertido, a história de Chapeuzinho Vermelho é narrada sob o ponto de vista do caçador; é ele o protagonista e não mais a menina.

O humor e a ironia também estão presentes na paródia como em *História meio ao contrário* de Ana Maria Machado, (1977), em *Procurando firme* de Ruth Rocha (1984), também em *Que história é essa?* de Flávio de Souza (1995) e em tantos outros títulos publicados anualmente.

Paródia e pastiche são recursos que envolvem a imitação e o mimetismo de outros estilos, principalmente de maneirismos e tiques.[4] A paródia amplamente usada pelos Modernos, aproveita a singularidade dos estilos e cria uma imitação que simula o original, lançando mão do exagero. O pastiche é como a paródia, imitação de um estilo, porém, "utiliza uma estilística, mas sua prática é neutra, sem as motivações ocultas da paródia, sem o impulso satírico". "O pastiche é a paródia lacunar que perdeu o senso de humor."[5]

A narrativa contemporânea nem sempre é linear, torna-se fragmentada, ganha um tom memorialista como em *Ler, escrever e fazer conta de cabeça* de Bartolomeu Campos Queirós publicado em 1996:

> *Minha avó Lavínia não fazia outra coisa a não ser rezar e passar os ternos de linho branco de meu avô.*[6]
> *Minha mãe, quando ainda forte para o trabalho, passava as roupas soprando as brasas do ferro na porta da cozinha, suando a alegria vaidosa de bem vestir o amanhã dos filhos.*[7]

A obra é constituída de fragmentos de memória de fatos ocorridos na infância do personagem narrador. É a voz desse personagem que auxilia o leitor a tomar o fio da narrativa e costurar os fragmentos numa colcha de retalhos. Todos os personagens são trazidos para o papel por "uma memória involuntária torrencial poderosa e no entanto extremamente delicada e sutil na expressão dos sentimentos", como ressalta Maria Eugênia Dias de Oliveira, na contracapa do livro.[8]

A fragmentação da narrativa exige uma maior participação do leitor que deve preencher os "espaços vazios", o não-dito, os silêncios deixados no texto com sua história de vida, suas experiências pessoais e sua bagagem ou repertório de leituras. "São os vazios, a assimetria fundamental entre texto e leitor, que originam a comunicação no processo de leitura."[9]

As obras propõem situações a serem resolvidas pelo leitor de diferentes modos em vez de oferecer-lhe soluções com respostas fechadas. O processo de produção da narrativa, o como narrar, torna-se mais importante do que a mera seqüência de fatos ou ações vividas pelas personagens.

Observa-se um espessamento do discurso literário. O texto torna-se mais denso e passa a auto-referenciar-se, tematizando o próprio processo de escrita (a metalinguagem), como em *Fazendo Ana Paz* de Lygia Bojunga Nunes (1992). A narrativa também pode fazer referências a outras narrativas, dialogando com elas (a intertextualidade); como pode dialogar com outros textos do mesmo autor (intratextualidade). Esse procedimento se observa em *Fazendo Ana Paz* de Lygia Bojunga Nunes quando o narrador retoma a Raquel, personagem de *A bolsa amarela*, um dos primeiros livros da autora, e reflete sobre as angústias do fazer literário. Veja-se o trecho:

> *Antes da Raquel qualquer personagem que eu fazia sempre me dava uma folga: férias, fim de semana, feriadão. E era bom a gente se separar um pouco. Quer dizer, era bom se, quando a folga acabava, eu entrava no meu estúdio e dava de cara com ele outra vez. Só que, às vezes, a gente se despedia num fim de semana e quando na segunda-feira eu abria o caderno para encontrar de novo com ele: cadê?! Tinha me escapado. E eu ficava esperando ele voltar. E nada. E todo dia eu olhando para a página branca, esperando ele voltar. E nada.*[10]

A metalinguagem e a intertextualidade presentes nos textos aproxima essa literatura das obras não-infantis.

Outro aspecto a observar é o lugar e o papel do narrador que perde a onipotência e a onisciência do ponto de vista tradicional, cola na personagem e, como uma câmera cinematográfica, acompanha a narrativa, colocando o leitor dentro da trama. Veja-se o trecho em que o narrador suga o leitor para dentro da história e com ele acompanha de perto a trajetória de fuga dos caçadores empreendida pela personagem Ofélia, escondida sob uma pele de raposa, e com ela vivencia essa nova experiência em *Ofélia, a ovelha* de Marina Colasanti:

> *Nunca Ofélia correra tanto. Quem a visse, desabalada pela campina, embrenhando-se na floresta, saltando troncos e fossos, certamente a confundiria com uma raposa de verdade. E talvez tivesse mesmo adquirido o espírito da sua roupagem porque, como só faria uma raposa de verdade, conseguiu escapar dos caçadores.*[11]

Outras vezes o narrador sai de cena e deixa a mercê dos personagens a representação de seus dramas pessoais. É o que Silviano Santiago qualifica de narrador pós-moderno: "aquele que quer extrair a si da ação narrada em atitude semelhante a de um repórter ou de um expectador. É o movimento de rechaço e de distância que torna o narrador pós-moderno".[12] Em *Nós três* de Lygia Bojunga Nunes, a narração ganha *status* de drama, com marcação teatral. O narrador esconde-se oferecendo aos personagens a oportunidade de encenar a própria história. Veja-se o trecho:

> *Um domingo de manhã cedo (na varanda)*
> *— Rafa, cadê Mariana?*
> *— Olha ela lá no mar.*

– *Mas que longe que ela foi; não tem perigo?*
– *Ela tá acostumada a nadar.*
– *Rafa.*
– *Que é?*
– *Ela vive sempre desse jeito?*
– *Que jeito?*
– *Sozinha. Nesse lugar assim tão... tão sozinho.*[13]

 Observa-se também uma incorporação da oralidade. Angela Lago, por exemplo, em *Sua alteza a Divinha,* trabalha a narrativa oral e faz do enigma das adivinhas o tema da obra. Em *De morte,* como declara no subtítulo, a autora recupera "um conto meio pagão do folclore cristão recontado com uma leve mãozinha de Albrecht Dürer", e com a ajuda da computação gráfica e da técnica do pastiche, apoiada nas ilustrações de Alberech Dürer, ilustra o texto.

 A linguagem torna-se mais coloquial, mais próxima do universo do leitor. A linguagem vira tema, é o caso de *Marcelo, martelo, marmelo* de Ruth Rocha (1984), em que a personagem vivencia a experiência lingüística. Em *Chapeuzinho Amarelo* de Chico Buarque de Holanda, a narrativa tematiza o poder emancipador da palavra.

 Os personagens tipos reaparecem: reis, rainhas da linhagem dos contos de fada em obras como *Uma idéia toda azul* (1979), *Doze reis e a moça no labirinto do vento* (1982), *Longe como o meu querer* (1997) de Marina Colasanti. Nesses livros, Marina recupera não só as fontes originais dos contos de fada como também dialoga com a contestação do gênero, promovida também em textos de Ruth Rocha (as histórias de reis: *Reizinho mandão, Sapo vira rei vira sapo, O que os olhos não vêem o coração não sente, O rei que não sabia de nada),* de Ana Maria Machado (*História meio ao contrário*) e de outros autores publicados em décadas anteriores.

Personagens alegóricas e simbólicas como tecelãs, princesas, sereias, unicórnios, corças parecem não ter compromisso com a realidade imediata. Mas, por meio delas, autoras como Marina Colasanti, Ruth Rocha e Ana Maria Machado questionam valores e papéis sociais, o poder masculino em contraposição à sensibilidade feminina e às relações feminino e masculino numa sociedade racional e consumista. As personagens que não se enquadram em papéis sociais predeterminados são consideradas ambíguas, desviantes, agem na contramão da história, mas estão mais próximas da realidade. Uma literatura com um olhar feminino ganha espaço.

O nacionalismo da produção anterior recebe uma nova roupagem. No lugar do realismo romântico exagerado, há uma busca da fala recalcada e sofrida das origens e raízes da mestiçagem típica da identidade brasileira – uma literatura que dá voz às mulheres, aos negros, aos índios, às crianças. Essa voz se faz ouvir também em livros que misturam ficção e realidade como ocorre em *O livro das árvores,* uma obra que reúne informações sobre o cotidiano dos índios Ticuna, seus mitos, lendas, crenças, além de um inventário da fauna e da flora brasileira relatados e narrados não mais sob o ponto de vista do dominador, mas sob o olhar do dominado, o índio. A obra é também ilustrada pelos próprios índios e foi publicada em 1997, pela Organização Geral dos Professores Ticuna Bilíngües. O material faz parte do Projeto "A natureza segundo os Ticuna", iniciado em 1987. As informações pesquisadas e registradas pelos professores serviriam inicialmente de material didático-pedagógico para apoiar as aulas de ciências nas escolas das aldeias, mas as idéias foram se aperfeiçoando e, ao ser publicada, a obra ganhou um novo perfil, mostrando a intensa relação dos Ticunas com as árvores e a natureza que os cerca e os mistérios dos seres fantásticos que compõem o imaginário desse povo. Texto, ilustrações e projeto gráfico foram premiados pela FNLIJ em 1997.

Ainda nessa tendência de resgatar as origens indígenas, ressalta-se o trabalho de Daniel Munduruku, índio, filósofo e pesquisador das raízes do povo Munduruku, do Pará.

Histórias de índio foi publicado em 1996, quando a pesquisa sobre o povo Munduruku estava em fase de finalização. O livro contém contos, crônicas e informações sobre o cotidiano dessa etnia, pontuada por reflexões que ajudam a repensar a identidade cultural, sem a visão idílica e preconceituosa do índio.

Em 2000, Daniel expande a pesquisa e publica *Coisas de índio*, uma pequena enciclopédia sobre o universo cultural de algumas etnias brasileiras. Em 2001, publica *As serpentes que roubaram a noite e outros mitos*, o livro que dá início à Coleção *Memórias ancestrais* que pretende resgatar a tradição e a mitologia dos diferentes povos indígenas brasileiros, trazendo informações sobre a cultura e o modo de vida das tribos de hoje, com o apoio do Instituto de Desenvolvimento das Tradições Indígenas, organização não-governamental dirigida por pessoas de quatro etnias – Xavante, Karajá, Guarani e Munduruku, com a proposta de proteger, valorizar e divulgar a cultura dos povos indígenas no Brasil.

Na linhagem da tradição africana, Rogério Andrade Barbosa, travestido de *griots*, velho sábio das comunidades, verdadeiras enciclopédias encarregadas de perpetuar a memória do povo, pesquisa a cultura africana. Quando trabalhou como professor voluntário das Nações Unidas na África, conviveu com este mundo fantástico, coletou fábulas dos animais mais queridos desses povos africanos, penetrou no imaginário, nos costumes e publicou a coleção premiada *Bichos da África* (1987), ilustrada por Ciça Fittipaldi, com base na arte ioruba, berço das raízes do cubismo na Europa.

Depois, vieram *Contos ao redor da fogueira* (1990) e *Duula, a mulher canibal* (2000), indicado pela FNLIJ para compor a lista de Honra do International Boards on Books for Young People, instituição que promove a literatura para crianças e jovens em todo o mundo.

Dando continuidade ao resgate das origens africanas, publica *O filho do vento* (2001) no qual reconta um pouco das lendas dos bosquímanos, que habitam o deserto de Kalahari, na África, sua visão de mundo, cosmogonia, danças, cantigas e ditos populares característicos da região onde vivem.

Ao aprofundar nos dramas humanos refletidos esteticamente nas personagens das obras contemporâneas da literatura infanto-juvenil brasileira, temas do real cotidiano ganham relevância. Assim o aborto, o estupro, o menor abandonado, a separação de pais, os preconceitos, a morte, as diferentes nuances de violência, o trágico, visto aqui em seu sentido mais amplo, convivem alternadamente com a fantasia do imaginário dos contos de fada. (*O abraço, Seis vezes Lucas, Nós três* de Lygia B. Nunes, *Faca afiada, Ler, escrever e fazer conta de cabeça* de Bartolomeu Campos Queirós, *A cristaleira*, de Graziela Hetzel etc.) Não que temas como a fome, a pobreza ou a miséria, a violência estivessem ausentes dessa literatura, mas o tratamento dispensado ao tema, o trabalho com a linguagem é que marcam a diferença. Ao estabelecer um paralelo entre *Cazuza* de Viriato Correa (1938) e *Ler, escrever e fazer conta de cabeça* (1996) percebe-se a proximidade da temática e a grande diferença no tratamento da linguagem. Parece ser este o grande diferencial que marca as melhores obras da literatura infanto-juvenil contemporânea, conferindo-lhe um novo *status*.

Embora se observe uma tendência a inversão de valores ideológicos e um menor compromisso com a história oficial e a biografia de heróis pátrios, ainda permanece uma preocupação educativa com valores mais e menos tradicionais. A tendência à revisitação de velhas narrativas possibilita o aparecimento de obras de cunho pedagógico e ideológico explícito como *O livro das virtudes para crianças* de William Bennett, com um enorme sucesso de vendas. A obra é uma coletânea de narrativas exemplares nos moldes das mais tradicionais histórias que marcaram os primórdios da literatura infantil, ainda traduzida e publicada até hoje como *Sofia, a desastrada* da Condessa de Ségur (1859), que norteou a educação das meninas do colégio no século passado. Vale ressaltar que cresce a cada dia o número de obras traduzidas endereçadas a esse público, o que possibilita ao leitor brasileiro entrar em contato com culturas diferentes da sua.

Um dado peculiar a observar é que embora a qualidade da produção tenha melhorado e a diversidade de títulos aumentado consideravelmente em relação às primeiras décadas da literatura infanto-juvenil brasileira, o que permite ao leitor maiores opções de escolha, a ligação com a escola permanece uma vez que, em razão das leis que regem a circulação da literatura infantil, a adoção ainda está atrelada à escola, pois cabe ao professor "escolher" o livro a ser adotado para a leitura dos alunos.

A ilustração acompanha a multiplicidade de tendências do texto e recupera as raízes brasileiras. Observa-se uma revisitação das matrizes do nosso folclore em livros como *Maria Teresa* (1996) e *Bumba meu boi bumbá* (1996), convivendo com a pesquisa de estilos que vão da pintura de vasos gregos, de adornos egípcios, das ilustrações medievais a xilogravuras do cordel brasileiro em *Griso* (1997), todos de Roger Mello.

O mesmo mergulho na cultura brasileira ganha originalidade no trabalho com ilustração tridimensional que Marcelo Xavier, autor e ilustrador, vem desenvolvendo desde 1986, em que personagens são moldados em massa plástica, montados em pequenos cenários e fotografados. *Mitos* (1997), *Festas* (2000) e *Crendices* (2001) fazem parte da Coleção *O folclore do Mestre André*, que reúne mitos e textos informativos sobre diferentes manifestações do folclore brasileiro.

Inserem-se aqui as irmãs Dumont, que sobre os desenhos de Demóstenes, fazem da arte do bordado tipicamente brasileiro ilustrações para os livros: *O menino do rio doce* (1996) de Ziraldo, *A menina, a gaiola e a bicicleta* de Rubens Alves, de *Céu de passarinho* de Carlos Brandão (1997), *Águas emendadas* de Ângela Dumont (1998), *Exercícios de ser criança*, de Manoel de Barros (1999) e outros. Já Angela Lago, pelos recursos da computação gráfica, vai buscar em ilustrações anônimas ou mesmo antigas, datadas de 1515, inspiração para ilustrar *Sua Alteza, a Divinha* (1990) e *De morte!* (1992). O velho e o novo se cruzam no resgate do fazer artesanal das sociedades pré-capitalistas recuperado no trabalho desses ilustradores.

Uma outra tendência aponta para o fortalecimento da poesia com Roseana Murray, Bartolomeu Campos Queirós,

Sérgio Caparelli, Antônio Barreto, Sylvia Orthof, Mario Quintana e outros autores premiados pela crítica especializada. Registram-se também as incursões de poetas já consagrados como Manoel de Barros e Ferreira Gullar, além de José Paulo Paes, que recebeu pelo livro *Passarinho me contou* o Prêmio Jabuti de Melhor Livro do Ano de 1996, conferido pela Câmara Brasileira do Livro.

O reconhecimento da qualidade da obra desses autores e ilustradores da literatura infanto-juvenil brasileira contemporânea vem sendo demonstrado pelos estudos acadêmicos, dissertações, teses e publicações em livros e revistas especializadas no Brasil e no exterior. A cada ano mais e mais autores e ilustradores são traduzidos, ganham prêmios no exterior, passam a fazer parte de catálogos internacionais. Registre-se aqui o Prêmio Hans Christian Andersen recebido por Lygia Bojunga Nunes (1982) e, mais recentemente, por Ana Maria Machado, colocando a produção brasileira ao lado do que de melhor é oferecido a esse leitor tão especial.

Bibliografia

Repertório teórico-crítico:

COELHO, Nelly Novaes. *Literatura infantil:* história, teoria, análise: das origens orientais ao Brasil de hoje. 2. ed. São Paulo: Quiron/Global, 1982.

GÊNIOS DA PINTURA. São Paulo: Abril Cultural, 1969. 3 v. p. 2-7.

HUTCHEON, Linda. O sujeito na/da/para a história e sua história. In: *Poética e pós-modernismo:* história, teoria, ficção. Tradução Ricardo Cruz, Rio de Janeiro: Imago, 1991. p. 203-226.

ISER, Wolfgang. A interação do texto com o leitor. In: JAUSS, Hans Robert et al. *A literatura e o leitor.* Tradução Luiz Costa Lima. Rio de Janeiro: Paz e Terra, 1979. p. 83-132.

JAMENSON, Frederic. *Pós-modernidade e sociedade de consumo.* Tradução Vinícius Dantas. São Paulo: Cebrap, 12: 12-26, jun. 1985. (Novos estudos).

LAJOLO, Marisa; ZILBERMAN, Regina. *Literatura infantil brasileira:* história e histórias. 4. ed. São Paulo: Ática, 1988. (Série Fundamentos 5).

LECHENER, Norberto. *Un desencanto llamado pos-modernidad.* Buenos Aires: Punto de Vista, 1988.

MATOS, Olgaria. Masculino e feminino. In: *Revista USP,* São Paulo, 2: 133-137, jun. jul. ago. 1989.

RICHE, Rosa M. Cuba. *O feminino na literatura infantil e juvenil brasileira:* poder, desejo, memória (os casos Edy Lima, Lygia Bojunga Nunes, Marina Colasanti). Rio de Janeiro: UFRJ, Faculdade de Letras, 1995. 255 p.

SANT'ANNA, Affonso Romano de. *Paródia, paráfrase e cia.* 3. ed. São Paulo: Ática, 1988. (Série Princípios 1).

SANTIAGO, Silviano. O narrador Pós-Moderno. In: *Nas malhas da Letra.* São Paulo: Cia. das Letras, 1989. p. 38-52.

Repertório ficcional:

ALVES, Rubem. *A menina, a gaiola e a bicicleta.* BRANDÃO, Carlos. *Céu de passarinhos.* Ilustrações e desenhos Demóstenes. Bordados das irmãs Dumont. São Paulo: Cia. das Letrinhas, 1997.

BARBOSA, Rogério Andrade. *Contos ao redor da fogueira.* Rio de Janeiro: Agir, 1990.

————. *Duula, a mulher canibal.* São Paulo: DCL, 2000.

————. *O filho do vento.* São Paulo: DCL, 2001.

BENNETT, William. *O livro das virtudes para crianças.* Rio de Janeiro: Nova Fronteira, 1997.

COLASANTI, Marina. *A mão na massa.* Rio de Janeiro: Salamandra, 1990.

————. *Doze reis e a moça no labirinto do vento.* Rio de Janeiro: Nórdica, 1982.

————. *Longe como o meu querer.* São Paulo: Ática, 1997.

————. *Ofélia, a ovelha.* São Paulo: Melhoramentos, 1989.

————. *Uma idéia toda azul.* 3 ed. Rio de Janeiro: Nórdica, 1979.

CORRÊA, Viriato. *Cazuza.* 17. ed. São Paulo: Nacional, 1997.

DUMONT, Ângela. *Águas emendadas.* São Paulo: Moderna, 1998.

GRUBER, Jussara Gomes (org.). *O livro das árvores.* Manaus: Benjamin Constant, Organização Geral dos Professores Ticuna Bilíngües, 1997. 96 p.

HETZEL, Graziela. *A cristaleira.* Rio de Janeiro: Ediouro, 1995.

HOLANDA, Chico Buarque. *Chapeuzinho Amarelo.* Rio de Janeiro: José Olympio, 1997.

LAGO, Ângela. *De Morte!.* Belo Horizonte: RHJ, 1992.

————. *Sua Alteza, a Divinha.* Belo Horizonte: RHJ, 1990.

MACHADO, Ana Maria. *História meio ao contrário.* São Paulo: Ática, 1977.

MELLO, Roger. *Bumba meu boi bumbá.* Rio de Janeiro: Agir, 1996.

──────. *Griso.* São Paulo: Brinque Brook, 1997.

──────. *Maria Teresa.* Rio de Janeiro: Agir, 1996.

MUNDURUKU, Daniel. *As serpentes que roubaram a noite e outros mitos.* São Paulo: Fundação Peirópolis, 2001.

──────. *Coisas de índio.* São Paulo: Cia. das Letrinhas, 2000.

──────. *Histórias de índio.* São Paulo: Cia. das Letrinhas, 1996.

NUNES, Lygia Bojunga. *Fazendo Ana Paz.* Rio de Janeiro: Agir, 1992.

──────. *Nós três.* Rio de Janeiro: Agir, 1987.

──────. *Seis vezes Lucas.* Rio de Janeiro: Agir, 1996.

ORTHOF, Sylvia. *Doce, doce e... quem comeu, regalou-se!* São Paulo: Paulinas, 1987.

PAES, José Paulo. *Um passarinho me contou.* São Paulo: Ática, 1996.

PINTO, Ziraldo Alves. *O menino do rio doce.* São Paulo: Cia. das Letrinhas, 1996.

QUEIRÓS, Bartolomeu Campos. *Faca afiada.* São Paulo: Moderna, 1997.

──────. *Ler, escrever e fazer conta de cabeça.* Belo Horizonte: Miguilim, 1996.

ROCHA, Ruth. *O que os olhos não vêem.* Rio de Janeiro: Salamandra, 1981.

──────. *O rei que não sabia de nada.* São Paulo: Cultura, 1980.

──────. *O reizinho mandão.* 17. ed. São Paulo: Quinteto, 1985.

──────. *Sapo vira rei vira sapo ou a volta do reizinho mandão.* 9. ed. Rio de Janeiro: Salamandra, 1983.

SÉGUR, Condessa de. *Sofia, a desastrada*. Rio de Janeiro: Ediouro, 1970.

SOUZA, Flávio de. *Que história é essa?* Novas histórias e adivinhações com personagens de contos antigos. São Paulo: Cia. das Letrinhas, 1995.

XAVIER, Marcelo. *Crendices e superstições*: o folclore do Mestre André. Belo Horizonte: Formato, 2001.

_____. *Festas:* o folclore do Mestre André. Belo Horizonte: Formato, 2000.

_____. *Mitos:* o folclore do Mestre André. Belo Horizonte: Formato, 1997.

Notas bibliográficas

[1] LECHENER, N. (1988), p. 25.
[2] Ibidem, p. 26.
[3] SANT'ANNA, A. R. (1988), p. 31.
[4] MATOS, O. (1989), p. 18.
[5] JAMENSON, F. (1989), p. 18.
[6] QUEIRÓS, B. C. (1996), p. 18.
[7] Ibidem, p. 17.
[8] OLIVEIRA, E.D. (1996), Contracapa.
[9] ISER, W. (1979), p. 88.
[10] NUNES, L. B. (1992), p. 12.
[11] COLASANTI, M. (1989), p. 8-9.
[12] SANTIAGO, S. (1989), p. 39.
[13] NUNES, L. B. (1987), p. 32.

Rosa Cuba Maria Riche é doutora em Letras (UFRJ), Professora adjunta do IAP/CAP (UERJ) e professora de prática de ensino da UERJ, coordenadora da Oficina da Palavra (APLIC) e membro do júri do Prêmio FNLIJ.

A BIBLIOTECA NA FORMAÇÃO DO LEITOR

Cada vez mais, está presente para a sociedade a necessidade de bibliotecas na promoção da leitura, para a maioria da população por meio da biblioteca escolar e pública. Muito cedo, crianças e jovens devem ser incentivados a usar a biblioteca, por ser o espaço democrático de acesso aos livros e, conseqüentemente, ao conhecimento e à arte. Foi discutida a função cultural e social da biblioteca bem como experiências de implantação e dinamização de bibliotecas.

A FORMAÇÃO DO LEITOR:
UM PONTO DE VISTA

Maria Alice Barroso

Não será demais recordar que nossa geração de bibliotecários (aquela que surgiu na década de 50) se fosse interrogada quanto ao real motivo que a teria levado ao estudo da biblioteconomia, daria como resposta a determinação de contribuir para a formação do leitor, acima de tudo. Podia ser até que muitos houvessem enveredado por esse caminho pela afinidade com aquele que seria o leitor infantil: e não será difícil compreender que a compreensão do texto torna-se cada vez mais completa na medida em que esse texto for mais simples, em que as palavras se complementem sem o esforço maior do pernosticismo lingüístico.

Assim, os bibliotecários que passaram a centralizar o seu trabalho naquele leitor em potencial (que muitos também chamam de analfabeto funcional) descobriram na simplicidade do texto infantil a indispensável aproximação que se oferece aos que iniciam e/ou desenvolvem o seu exercício de alfabetização trilhando o caminho da educação supletiva.

Há, portanto, uma clara conexão no fato de a biblioteca pública estar sendo amplamente utilizada não só em cursos de alfabetização como naqueles destinados aos analfabetos funcionais.

Como um centro de informação é possível reconhecer nos bibliotecários os educadores (e não, meramente, instrutores): assim é que a educação do adulto passou a conceituar os que não tiveram acesso ao estudo em idade própria ou que só lograram esse acesso de modo insuficiente.

No Brasil, a sugestão de utilizar a biblioteca pública paralela à escola na complementação da educação do adulto tem a ver com a aprendizagem da leitura: o material didático deverá ser apropriado para aquele que vem ingressar na biblioteca a fim de adquirir, no mínimo, habilidades de escrita, leitura e operações numéricas – o que deverá facilitar o seu ingresso no mercado de trabalho.

Os bibliotecários não são servidores da escolaridade, porém podem ser considerados como os agentes capazes de transformar o mundo particular dos leitores. Eles oferecem acesso a um universo coerente ou a um tipo de poder capaz de estruturar a incoerência por meio da linguagem. Na verdade, o bibliotecário expande o seu papel ao contribuir para que o usuário aumente a habilidade no processo de leitura.

Alguma estatística: O *Library literaty planning guide* informa que 25 milhões de adultos americanos não sabem ler nem escrever; outros 35 milhões são funcionalmente analfabetos; 85% dos jovens que comparecem perante a Corte de Justiça são analfabetos funcionais; 4-6 dos 8 milhões de desempregados se ressentem de não terem sido treinados, pelo menos, com habilidades cotidianas, o que poderia, hoje, dar-lhes oportunidade num emprego de relativa tecnologia. Cerca de um terço das mães que recebem auto-alimentação são funcionalmente analfabetas. Um, em cada três americanos, se reconhece incapacitado para ler um livro. A população existente nas prisões representa a mais alta concentração de analfabetos funcionais (JOHNSON & SOULE, Illinois, 1986, p. 408).

Na verdade, a estatística anterior enseja que se indague: em que se distingue o analfabeto do alfabetizado que não lê?

Cabe, ainda, indagar o que têm feito as bibliotecas públicas pelos que desejam alfabetizar-se.

Definição: O analfabetismo – como quase todo termo na área da Educação – possui vários significados. As várias interpretações da palavra, ou seja, aquela que diz respeito ao analfabetismo do adulto e a que se refere ao analfabetismo funcional nem sempre são adequadas ao contexto em que são usadas.

Analfabeto funcional é aquele que não consegue ler o formulário do seu próprio emprego nem as instruções que lhe são passadas por seu superior, tem dificuldade em realizar operações numéricas ou decodificar as manchetes de jornais.

Há quem indague por que a biblioteca pública?

Vale a pena lembrar Flusser (*O bibliotecário animador*, 1982, p. 122) que cita a biblioteca pública como o órgão capaz de dar a palavra a quem não a tem. Vale enfatizar a transformação ocorrida na alfabetização de adultos, que era realizada de forma autoritária (Freire, *A importância do ato de ler*, 1984, p. 83) e agora a palavra é um ato de reconhecimento do mundo, um ato criador. Ele pontua que a instrução da educação não se limita ao treinamento técnico a fim de corresponder às necessidades de uma área. Na verdade,

Freire não se refere à educação que domestica e acomoda, mas à educação que liberta pela conscientização, com a qual o homem opta e decide.

Freire inova classificando a biblioteca popular como um centro disseminador do saber e não como um depósito silencioso de livros. Em sua obra *A importância do ato de ler em três artigos que se completam* (1994, p. 18), esse educador afirma que falar da educação de adultos e de bibliotecas populares é falar, entre muitos outros, do problema da leitura e da escrita. Não da leitura de palavras e de sua escrita em si próprias, como se lê-las e escrevê-las não implicasse uma outra leitura, prévia e concomitante àquela, a leitura da realidade.

Um outro ponto que Freire acha interessante sublinhar é que uma visão crítica de educação, portanto da formação do leitor, refere-se à necessidade que têm os educadores de viver, na prática, o reconhecimento óbvio de que nenhum deles está só no mundo.

A biblioteca popular/pública necessita estimular a criação de horas de trabalho em grupo, realizando verdadeiros seminários de leitura.

Numa área popular – que possa ser desenvolvida por bibliotecários, documentalistas, historiadores –, poderá ser feito o levantamento da área pelas entrevistas gravadas com os mais antigos moradores, o que poderia representar o testemunho dos momentos fundamentais da sua história comum.

Paulo Freire recomenda que se faça com esse material folhetos, observando total respeito à linguagem dos entrevistados. Esse material, desde que coletado em diferentes regiões, deverá ser intercambiado, constituindo um material didático de indiscutível valor: nele possivelmente encontraremos o autor (recém-alfabetizado) que o escreveu como também por meio dele encontraremos o leitor que estará exercitando a sua aprendizagem de leitura.

Como bem enfatiza o educador Paulo Freire, um dos aspectos positivos de um trabalho como esse é o reconhecimento do direito que o povo tem de ser sujeito da pesquisa, que poderá conhecê-lo melhor. E não objeto da pesquisa que os especialistas fazem em torno dele.

A forma como deve atuar uma biblioteca pública, a constituição de parte do seu acervo que deverá estar dirigida à formação dos analfabetos funcionais, as atividades que podem ser desenvolvidas em seu interior, tudo isso deve estar inserido numa política cultural: na verdade, a biblioteca pública deve também ser utilizada na educação do adulto.

Até a Segunda República, o problema da educação dos adultos não se distinguia especialmente dentro da problemática mais geral da Educação Popular. Em sua tese de mestrado Vanilda Paiva (*Educação popular e educação de adultos*) esclarece que a educação de adultos começou a ser percebida de forma independente baseada na experiência do Distrito Federal (1933-1938), com Anísio Teixeira como Secretário da Educação e das discussões travadas no Estado Novo, quando o Censo de 1940 indicava a existência de 55% de analfabetos nas idades de 18 anos e mais.

Devemos admitir no analfabetismo o traço delimitador que sublinha as áreas da injusta distribuição educativa, dividindo a humanidade. Em certas regiões geográficas é possível reconhecer a existência do analfabetismo, da desnutrição, da pobreza, da mortalidade infantil contribuindo para uma péssima qualidade de vida.

No entanto, também devemos estar conscientes de que não será somente pelo combate ao analfabetismo que conseguiremos vencer a injustiça social.

Vivenciando a véspera do 3º milênio, cremos que deva ficar bastante claro que a alfabetização não se engloba somente nas exigências da sociedade ou do governo, na intenção de incorporar os analfabetos – os analfabetos funcionais – na cultura letrada; o centro de interesse deve ser a educação do adulto. A alfabetização pode ser uma das ferramentas disponíveis para a educação do adulto.

Maria Alice Barroso é bibliotecária, membro do Conselho Consultivo da FNLIJ, foi presidente da Fundação Biblioteca Nacional.

A BIBLIOTECA E A FORMAÇÃO DO LEITOR

Marina Quintanilha Martinez

> *Bibliotecas são instituições básicas da educação que antecedem, na verdade, às escolas.*
>
> *Anísio Teixeira*

Ao participar desta mesa-redonda que tem como tema *"A biblioteca e a formação do leitor"*, venho trazer, de público, o meu depoimento pessoal – na verdade uma história de paixão pelo livro. Paixão que venho compartindo com crianças, jovens e adultos, dentro e fora de escolas e de bibliotecas.

Não sei exatamente quando comecei a ler, ou seja, a decifrar sozinha o código impresso nos livros, nas manchetes dos jornais, nos anúncios dos bondes da minha infância. Sei que foi em casa, por volta dos meus quatro anos de idade, quando freqüentava o Jardim de Infância do Instituto de Educação, escola em que passei quatorze anos, até sair professora. O Instituto de Educação era, na época, dirigido pelo pedagogo M. Lourenço Filho, tendo como Secretário de Educação, Anísio Teixeira. Vivi, nos meus primeiros anos, a Escola Nova em sua plenitude, com seus pioneiros métodos de projetos preconizados por esses grandes educadores.

Tantos eram os estímulos em casa – minha avó contando histórias, minha mãe lendo para mim, meu irmão mais velho alfabetizando a empregada, eu, manuseando belos livros em casa e na escola – foi assim que me antecipei ao processo de alfabetização que seria vivido dois anos mais tarde.

Já cheguei, portanto, como leitora, ao primeiro ano primário, morando no Sítio do Pica-pau Amarelo, onde moro até hoje. Como Caetano Veloso, "eu pus os meus pés no riacho e acho que nunca os tirei". O ribeirão das Águas Claras, dos encontros da menina do Narizinho Arrebitado com o Príncipe Escamado era meu também, tal a minha identificação com a personagem lobatiana. *Reinações de Narizinho* era meu livro de cabeceira, que meu pai me tirava dos braços todas as noites, quando o sono chegava. Ganhei até o apelido de Narizinho, que muito me envaidecia, mas devo confessar que o meu crescimento como leitora me fez desejar ser mais parecida com a Emília, por suas idéias próprias e pela vontade de mudar o mundo.

Como criança leitora, minhas lembranças se voltam para a biblioteca da escola – espaço acolhedor, com livros de qualidade, sob a sábia orientação da professora Josefina Gaudenzi. A liberdade de escolha, o livre acesso às estantes, o direito de ir e vir a qualquer momento, sempre que o trabalho de classe permitia, fizeram da biblioteca o espaço do meu desejo. Assídua freqüentadora, como outros companheiros, éramos conhecidos como "ratinhos de biblioteca". Além das constantes visitas pessoais, cada turma tinha um horário semanal, quando realizávamos grandes projetos –

dramatização de histórias, criação de poesias, viagens no tempo e no espaço. A audição de um programa de rádio (naquele tempo, a televisão ainda não havia chegado ao Brasil), "Tapete Mágico de Tia Lúcia", do qual éramos colaboradores assíduos, dava-nos a satisfação de ouvir, irradiadas para toda a cidade, as nossas cartinhas, histórias e poesias. Ler, conhecer, sentir, imaginar, pensar, compartilhar – tudo isso a gente vivia naquele espaço mágico, que atendia aos nossos anseios e fantasias.

Como adolescente, no antigo ginasial, continuei a freqüentar a biblioteca, em outra sala, com outra dinâmica. O que persistia era a "fome de ler" e a liberdade de escolha na consulta aos catálogos. Longe daquela salinha ruidosa, esse novo espaço era o lugar do silêncio e da leitura solitária – nem por isso menos prazerosa – no diálogo instigante com o autor. O "vírus" da leitura, inoculado na infância e muitas vezes contagioso, tem me acompanhado pela vida afora, fazendo do livro um grande companheiro.

Já no curso normal, correspondendo hoje ao 2º grau, passei a visitar a biblioteca com outro objetivo – a minha formação profissional. Consultas, pesquisas, fichamentos, elaboração de trabalhos solicitados nas disciplinas de formação pedagógica podiam ser realizados na mesma biblioteca, por seu excelente acervo na área da Educação. À minha formação de leitora acrescentei habilidades de estudo, indispensáveis ao meu crescimento profissional.

Ainda na adolescência, com dezoito anos incompletos, tornei-me professora. O que fazer com meus alunos? O que havia ficado de significativo na minha passagem pela escola? Certamente o livro, que me havia propiciado momentos inesquecíveis, ocuparia um lugar de destaque na minha atividade docente.

Para minha alegria, na primeira escola em que lecionei (Escola Venezuela, no subúrbio de Campo Grande, no Rio) havia uma boa biblioteca. Abria-se, portanto, mais um espaço de convivência com meus alunos. Ali descobri vários livros "amigos de infância". Acrescentei então às minhas aulas um tempo de leitura para eles: Por lá desfilaram *Cazuza*, de Viriato Correa; *Tibicuera*, de Érico Veríssimo e, naturalmente, os personagens do Sítio do Pica-pau Amarelo. Esse momento mágico acontecia no final do dia, como "sobremesa" dos trabalhos de classe, para que levassem para casa um "gosto de quero mais". Foi assim que alguns alunos passaram a freqüentar a biblioteca escolar, fazendo suas próprias escolhas. Livros informativos eram também levados para a sala de aula, para enriquecer os conteúdos do programa em vigor.

Das diversas escolas em que trabalhei, as que haviam sido criadas na administração de Anísio Teixeira possuíam bibliotecas com sala ambiente e excelente acervo. Só não havia bibliotecário ou professor especialmente designado para a biblioteca (a falta de professores em sala de aula continua a ser, até hoje, um problema crucial), mas o professor que se interessasse podia ser "encarregado" da biblioteca, sem prejuízo de suas funções em sala de aula.

Mais tarde, com a criação do Setor de Bibliotecas e Auditórios na Secretaria de Educação, algumas escolas passaram a ter um professor especialmente designado para as atividades de biblioteca. Nessa ocasião, tive estreito convívio com esse setor, que promovia cursos de capacitação para professores além de enviar, a todas as escolas, boletins informativos mensais, de excelente qualidade.

No início dos anos 70, lamentavelmente, com o crescimento da matrícula escolar, vi, com perplexidade e indignação, a transformação das salas de biblioteca em salas de aula, destruindo um importante trabalho de formação do leitor. O acervo existente, dependendo da sensibilidade e do descortínio do diretor, passou a ser subutilizado, ou simplesmente empilhado em depósitos, almoxarifados, desvãos de escadas e outros lugares menos nobres. Naquele momento eu era orientadora de bibliotecas da rede escolar. Nas minhas visitas, procurei levar sugestões, sugerindo que o acervo fosse distribuído e utilizado como bibliotecas de classe. É claro que a solução foi bem aceita pelos professores leitores. Outros, entretanto, para quem o livro pouco significava, acharam a idéia esdrúxula e descabida.

A experiência mais interessante nessa época foi numa escola próxima à antiga favela do Esqueleto, onde hoje existe o Campus da UERJ, no Maracanã. Os alunos daquela escola costumavam fazer carreto na feira do bairro, com carrinhos de caixote e rolimã que eles próprios construíam. Numa feliz idéia, esses carrinhos passaram a ser usados na escola como bibliotecas itinerantes. Percorrendo a escola e estacionando nas salas de aula, a visita do carrinho biblioteca era recebida com grande alegria, proporcionando às crianças momentos felizes de leitura e de manuseio de livros.

Ainda nos anos 70, passei a lecionar Prática de Ensino no Curso Normal do Instituto de Educação, para alunos adolescentes, futuros professores, a quem procurei estimular o interesse pelo livro e pela leitura como abertura de mundos. Embora não fosse professora da área de Literatura, gostava de conhecer as preferências de leituras dos alunos, comentando com eles obras de Jorge Amado, Graciliano Ramos, Drummond, Bandeira, Pessoa, Rilke, Herman Hesse, Salinger e muitos outros. Vivíamos uma época de grande efervescência artística e política – festivais da canção, cinema novo, teatro de protesto, passeatas, censura, repressão. Era cada vez mais difícil alertar os jovens quanto aos seus anseios de liberdade absoluta. Como educadora, impunha-se evitar conflitos com as posições mantidas pela instituição, ainda que discordando da ideologia vigente.

No início dos anos 70, diante de situação insustentável, decidi "fechar para balanço". Uma providencial licença-prêmio me conduziu à Escolinha de Arte do Brasil, onde freqüentei o Curso Intensivo de Arte na Educação. No convívio com Augusto Rodrigues, Cecília Conde, Ilo Krugli, Isabel Mª Vieira, Dra. Nize da Silveira, artistas plásticos, psicanalistas e escritores, pude vislumbrar uma nova Educação, como processo de formação de uma consciência original e transformadora, voltada para as diferenças e, por isso mesmo, profundamente igualitária.

Revi, então, minha posição de educadora, decidindo voltar a trabalhar com crianças num espaço de educação informal, tendo o imaginário como território sem fronteiras. Transferi-me, então, para a Biblioteca de Copacabana, da Secretaria de Cultura. A volta às crianças e aos livros, numa perspectiva lúdica e criadora, trouxe-me a certeza de que ali poderia realizar um trabalho mais rico, de acordo com minhas convicções.

Em leituras posteriores, conheci o escritor Gianni Rodari, prêmio Andersen pelo IBBY, em 1970. Lendo seu admirável livro *Gramática da Fantasia*, passei a adotar uma de suas citações: "Todos os usos da palavra a todos me parece um bom lema, sonoramente democrático. Não exatamente porque todos sejam artistas, mas porque ninguém é escravo." Constatei, então, que a Biblioteca Infantil era o meu hábitat, diante da criança, da palavra e de suas infinitas possibilidades.

Mas nem tudo é perfeito. A partir de 1972, com a Lei nº 5.692 de Educação, os currículos escolares determinaram a execução de "pesquisas escolares" – uma prática até então praticamente ignorada pelos professores, que passaram a transferir para a Biblioteca Pública a responsabilidade do que eles sequer sabiam propor. Desconhecendo os acervos das bibliotecas e as habilidades de leitura de seus alunos, a tarefa de pesquisar era totalmente desvirtuada, tal a ausência de objetivos. Munidos de folha de papel almaço ou de cartolina, os alunos chegavam à biblioteca dispostos a copiar o que surgisse a sua frente. Alguns, menos conscienciosos, arrancavam as páginas das enciclopédias ou cortavam gravuras para ilustrar os trabalhos. Diante do impasse, que transformaria a biblioteca no "supermercado da pesquisa", procurei orientar os alunos nessas atividades, ensinando a utilizar índices, a localizar e selecionar informações e a usar outras fontes de pesquisa, como observação direta e entrevista.

No mês de agosto eram freqüentes as pesquisas sobre Folclore: "Mas o que é que você quer saber sobre o Folclore?", perguntei, sucumbindo diante da pretensão onipotente da resposta: "Tudo!" Decidi, então, organizar uma pequena mostra de objetos populares recolhidos em minhas andanças pelo Brasil – cerâmica carajá, cestos de palha, cuias de chimarrão e de tacacá, apitos de barro, bordados, brinquedos populares, berimbaus etc. Alguns objetos eram reconhecidos pelas crianças por fazerem parte da cultura familiar, já que Copacabana é um bairro cosmopolita. Assim, cada criança falava um pouco do uso do objeto, das origens da família, de outros costumes, que íamos registrando como material pesquisado sobre Cultura Popular Brasileira. O depoimento mais interessante foi o de um menino diante do berimbau, pois pertencia a um grupo de capoeira. Convidei, então, o Grupo, para vir à Biblioteca, mesmo diante da resistência dos funcionários. A apresentação foi um sucesso, com informações históricas sobre o jogo, tendo causado grande admiração de alguns: "Isso também é folclore?" Buscando driblar a sensaboria dos trabalhos solicitados pelas escolas, procuramos tornar mais interessantes os trabalhos de pesquisa, exibindo filmes, convidando pessoas e saindo para visitar museus e lugares pitorescos da cidade.

A partir do final dos anos 70, passei a ter mais contato com a Fundação Nacional do Livro Infantil e Juvenil (FNLIJ), participando de eventos e colaborando em vários projetos: Domingo da Fantasia, cursos e oficinas sobre dinamização de bibliotecas, seleção anual dos melhores livros para crianças e jovens, Ciranda do Livro. Entre essas experiências, as mais significativas para mim foram relacionadas ao trabalho com bibliotecas. Em 1979, a FNLIJ criou, em parceria com a Fundação Casa de Rui Barbosa, a Biblioteca Infantil Maria Mazzetti. Como eu havia me oferecido como voluntária para contar histórias, passei a coordenar as atividades acontecidas numa salinha e, principalmente, nos magníficos jardins da Casa de Rui Barbosa, em Botafogo.

Em 1980, passei a coordenar o Projeto de Criação de Bibliotecas em Áreas Carentes, resultante de um convênio entre a FNLIJ e a Secretaria de Assuntos Culturais do Ministério da Educação e Cultura. Em 1981, inauguramos a Biblioteca Infantil de Brasília Teimosa, numa comunidade de baixa renda do Recife, em parceria com a Diretora do Sistema de Bibliotecas de Pernambuco, Sra. Margarida Matheus de Lima. No Rio de Janeiro, na favela do Morro dos Cabritos, em Copacabana, inauguramos em parceira com a Obra Social da Paróquia Santa Cruz, a Biblioteca Infantil "A Bolsa Amarela", sugestivo nome escolhido pelas crianças, "porque ali cabe todo mundo".

Ainda com a FNLIJ, coordenei em 1986 o Projeto de Criação e Dinamização de Bibliotecas Infantis, em parceria com a Fundação Nacional do Bem-Estar do Menor (Funabem), quando foram inauguradas duas bibliotecas na Escola Quinze de Novembro, no subúrbio de Quintino, no Rio.

Com exceção da Biblioteca Infantil Maria Mazzetti, na Fundação Casa de Rui Barbosa, que comemorou em maio de 1999 vinte anos de atividades, as outras experiências não continuaram, pela exigüidade das verbas e pela ausência de uma política cultural do País.

Apesar de tudo, a minha "fome de ler" eu acrescentava uma nova insaciedade: criar e dinamizar bibliotecas – espaços de educação informal, promovendo o acesso ao livro a crianças de famílias de baixa renda, concedendo-lhes o direito de expressão e contribuindo para sua formação de leitores.

Foi assim que, em 1985, atendendo a um convite do Lions Clube Rio de Janeiro Mater, abracei uma nova causa – a criação da Biblioteca Infantil Manuel Lino Costa (Bimlic). Segundo Dom Helder Câmara, "quando sonhamos juntos o sonho se torna realidade". Foram inúmeras as adesões dos amigos, que tornaram possível a concretização desse projeto – sem dúvida, o grande projeto da minha maturidade existencial, profissional e política.

A Bimlic nasceu em 1985, localizada na Avenida Mem de Sá, 271, antiga área de baixa renda no centro do Rio de Janeiro, numa sala cedida pelo Dispensário São Vicente de Paulo, entidade religiosa de caráter assistencial. Ali pude realizar aquilo com que sempre sonhara – um projeto de educação informal de acesso ao livro e à leitura, baseado no direito de expressão. Voltando ao escritor Gianni Rodari, que preconiza "todos os usos da palavra para todos", na Bimlic concedíamos à criança o direito de ter vez e ter voz. Em encontros semanais, discutíamos democraticamente problemas e alternativas, tendo essa atividade recebido, deles, o nome de "É conversando que a gente se entende". Outras expressões definem também o que pensavam as crianças de sua biblioteca: "uma sala de fazer idéias boas", "o meu quarto e o meu mundo de aventuras".

Naquele espaço acolhedor, vivia-se, realmente, um clima de liberdade – escolha dos livros diretamente nas estantes, participação das atividades oferecidas (narrativa de histórias, oficinas de arte e muitas outras), permanência durante o tempo que atendesse aos interesses e às necessidades de cada um.

Com a colaboração dos amigos da própria comunidade, conseguimos formar um acervo selecionado com cerca de 2.000 títulos, tendo sido registrados 11.609 empréstimos domiciliares a 511 sócios cadastrados, totalizando 34.604 presenças em quase oito anos de atividades. A Bimlic funcionou também como núcleo de formação profissional, oferecendo estágio a estudantes de Pedagogia, Biblioteconomia e Letras.

Por ali passaram jovens que têm-se destacado profissionalmente como escritoras (Luciana Sandroni, Anna Claudia Ramos e Mariza Marquez) e como dinamizadoras de Bibliotecas (Sonia Travassos e Christianne Rothier).

Sem qualquer patrocínio, meu trabalho como coordenadora era exercido voluntariamente e, mesmo sem remuneração, sempre me proporcionou grandes alegrias. Entre elas, o reconhecimento internacional – a concessão de uma bolsa da Ashoka (ONG americana que apóia projetos de inovação social), o convite de Geneviève Patte (IBBY França) para participar do Seminário "Novos Caminhos de Promoção da Leitura em Países em Desenvolvimento", realizado em Caen, França, 1990. E ainda doações de bônus da Unesco para aquisição do Projeto Books For All, coordenado pela bibliotecária alemã Lioba Betten.

A Bimlic promoveu vários espetáculos teatrais abertos à comunidade oferecidos por Sylvia Orthof, Bia Bedran, Joaquim de Paula, Luiza Monteiro, Silvia Aderne e Beto Coimbra.

Apesar de o reconhecimento da comunidade e de entidades ligadas ao livro e à leitura, em dezembro de 1992 a Bimlic se viu obrigada a fechar as portas, por exigência da entidade comodante que não se interessou em renovar o contrato.

Com o fechamento da Biblioteca, a Associação de Amigos da Bimlic, entidade jurídica criada para captar recursos para sua manutenção e funcionamento, não conseguiu novo espaço nem meios para sua reabertura. Mesmo assim, essa

Associação continua atuante, assinando convênios com entidades públicas e privadas para implantar projetos de criação e dinamização de bibliotecas, de acordo com as finalidades de seus estatutos.

Em maio de 1997, em convênio com a Sociedade Educadora Feminina – Obra Social Maria Eugênia –, a Associação de Amigos da Bimlic inaugurou a Biblioteca Irmã Zita do Carmo, para atender ao público infantil da comunidade carente de Quebra-Frascos, em Teresópolis (RJ). Para instalação de uma nova biblioteca, a Associação doou o mobiliário e equipamentos da biblioteca desativada.

O acervo selecionado da Bimlic permaneceu guardado durante quase oito anos na Biblioteca Euclides da Cunha, da Fundação Biblioteca Nacional, à espera de uma entidade que tivesse a mesma filosofia da biblioteca extinta.

No momento que encerro este depoimento, surge a luz no fim do túnel. Trata-se da Associação Santa Clara – um projeto educacional que visa à reconstrução dos valores sociais da pessoa humana, tendo como base o afeto, o companheirismo, a construção da auto-estima e do crescimento pessoal. Num sítio de 117 mil metros quadrados à Avenida dos Bandeirantes, 25.797, vivem 65 crianças e jovens em regime de grande família com o casal Eliete e Cícero Rosa. Eliete é pedagoga, psicóloga e pesquisadora, tendo trabalhado na FNLIJ, portanto comprometida com o livro e a formação do leitor.

Como preconiza Anísio Teixeira, a Biblioteca no Sítio Santa Clara terá a peculiaridade de atender a seus moradores, num projeto de educação informal que antecede à escola. As crianças e os jovens que ali residem estudam nas escolas municipais do bairro, dos quais oito cursam como bolsistas o 2º grau e quatro estão na Universidade.

Envolvida mais uma vez com a criação da nova biblioteca, estou enviando para lá o acervo da Bimlic, enquanto promovo uma campanha financeira para a aquisição de mobiliário e equipamentos. Novamente o indispensável apoio dos amigos vem alimentar o meu idealismo incorrigível.

Como Cecília Meireles, que além de grande poeta foi também educadora e criadora de biblioteca infantil, estou certa de que "a vida só vale reinventada".

Marina Quintanilha Martinez, autora de livros para crianças, foi educadora, dinamizadora de bibliotecas e membro do júri do prêmio FNLIJ por mais de dez anos.

LER É PRECISO

Ler é preciso assim como ser livre é preciso

Gustavo Bernardo

O tema desse encontro lembra a questão da liberdade. Ler é preciso assim como ser livre é preciso. Entretanto, sabemos há algum tempo que a liberdade não é uma dádiva nem uma conquista, mas uma condenação. Sim, somos condenados à liberdade; sempre podemos optar, ainda que quase sempre optemos pela servidão – obviamente voluntária.

Da mesma forma, somos condenados à leitura. O mundo e os outros e nós mesmos existimos para nós como texto, como coisa que se lê ou que lêem para nós. Se somos analfabetos completos ou apenas parciais, é de pouca importância. O que é a realidade senão a leitura que fazemos dela, ou que fazem dela para a gente? E o que é a leitura da realidade senão a língua? A língua cria realidade. Quem cria a língua, então? A poesia. Poesia cria língua.

Toda a realidade, incluindo todos os outros, tudo isso são efeitos de leitura. Podemos fingir que a realidade é o que é, como a coca-cola, podemos fingir que o mundo é tranqüilo e simularmos sustos a cada segundo que o mundo demonstra que nem é tranqüilo nem é nunca o que esperamos. Esse fingimento é em parte ingênuo, porque somos cegos, em parte necessário, para suportarmos a nossa cegueira, e em boa parte hipócrita – típica atitude de má-fé.

Que a liberdade seja condenação apenas nos responsabiliza; a cada segundo somos o que escolhemos ser, ainda quando se finja o contrário. Que a leitura do mundo seja igualmente condenação igualmente nos responsabiliza; o mundo foi o que lemos dele, assim como o mundo é o que inscrevemos e escrevemos nele agora, com o nosso estilo, com o nosso pincel, com o nosso gesto.

É dessa maneira que leio a leitura: como um gesto – pessoal e social. O gesto é pessoal porque mostra-se metonímia da nossa vontade maior de tentar entender o mundo, assim como o gesto de escrever revela-se metonímia da nossa vontade maior de tentar mudar o mundo. Como são metáforas diferentes, ler não leva necessariamente a escrever nem escrever leva necessariamente a ler, suposições muito comuns e muito erradas de pedagogos bem-intencionados.

O gesto é social porque ler livros implica insistir em uma maneira de compreender o mundo. Essa maneira é histórica. Lemos da esquerda para a direita, em linhas, depois saltamos para a esquerda e voltamos a ler dessa direção para a direita. Lemos, portanto, linearmente e interrompemos as linhas por saltos programados. Por isso nos é fácil pensar em linhas unívocas, da causa (na esquerda) para a conseqüência (na direita) e então de volta para a causa. O pensamento causal é um efeito da nossa maneira de escrever e de ler. O pensamento causal é não apenas a condição como a própria causa do que chamamos História. A História é linear porque as línguas ocidentais decidiram que fosse assim. A pré-história antecede à palavra escrita, assim como a pós-história (que tem nada a ver com a falácia chamada pós-moderno) já está sucedendo ao reinado da palavra escrita. A nova imagem, a imagem técnica, vem para o trono, forçando leituras não-lineares, não-causais, hipertextuais, concomitantes e necessariamente superficiais.

Ao poucos, vamos precisando fazer o elogio da superficialidade. As fotografias, as caricaturas e os quadros do Ziraldo são mal lidos se lidos da esquerda para a direita, linearmente. É preciso percorrer as imagens em todas as direções e ao mesmo tempo, sem o que não se as lê; é preciso percorrer as imagens com os dedos, ou seja, é preciso digitalizá-las, abstraindo-as ao máximo para, paradoxalmente, devolver-nos alguma concretude.

A poesia, a literatura, se excetuarmos o nefasto intervalo realista que inclui o nosso romantismo, no século XIX, desde sempre se apresentou para o leitor como subversão da linearidade. Todo texto que merece ser lido merece ser relido e trelido, merece pelo menos três leituras. Na primeira vez, lemos da maneira mais ingênua possível, suspendendo toda a descrença e embarcando na narrativa como se narrativa não fosse. Na segunda vez, lembramos que somos leitores treinados, professores ou escritores, e suspendemos a suspensão anterior da descrença, desconfiando do caráter de realidade do texto para melhor entendê-lo como construção, isto é, como texto que cria realidade, ainda que intensa, e não como reflexo mecânico de qualquer realidade. Na terceira vez, suspendemos tudo, suspendemos a nossa crença na realidade e nas ideologias e nos chavões e nas palestras de Salões do Livro para nos permitirmos desejar um projeto de vida e não a vida ela própria. Na terceira vez, tomamos o texto como pré-texto do nosso próprio texto, de nosso tecido incompleto.

A boa leitura não é profunda, ela é superficial também. No fundo de mim mesmo e do outro que me ama ou que eu quero amar há apenas vísceras úmidas; não há qualquer significado. O sentido é atribuído por um gesto e é necessariamente superficial. Quando um bom escritor vai fazer palestras sobre sua obra, é comum a pergunta infeliz: mas o que o senhor quis dizer com o seu livro? A resposta, mais ou menos educada, costuma ser: exatamente o que eu disse. Homessa, o sujeito escreve e reescreve para encontrar aquela forma, não pode ser outra, e vem o leitor se demitindo da sua obrigação pedindo ao escritor que diga, em outras palavras, o que ele só poderia ter dito naquelas palavras que disse, jamais em outras? Seria de desanimar, se tivéssemos o direito ao desânimo. Por sorte, não temos.

O que foi escrito é para ser lido superficialmente, mas não uma única vez, a vez linear. É preciso ler, sim, porque mais do que isso é preciso reler e reler várias vezes, buscando a cada instante perspectiva ainda não ocupada. A literatura perspectiviza, logo, só pode ser entendida se o leitor suspende a sua crença de que é indivíduo, pessoa insensível e inteiriça, e assume a sua condição de mera perspectiva imprevista. Somos, tão-somente, o lugar que lemos. O resto é ficção da carteira de identidade e da memória da mamãe.

Nesse lugar que lemos, há sublugares. Por exemplo, os sublugares do escritor e do leitor, do professor e do aluno. Há decerto muitos professores aqui presentes, outros tantos escritores, todos somos leitores, mas por desventura talvez haja poucos alunos. Eu sou professor, e escrevo. Só escrevo. Nesse lugar que escrevo, luto, como todo escritor, contra as idéias prontas, contra os clichês, contra as bobagens açucaradas ou rancorosas de todo dia. Nesse lugar que escreve luto contra o professor que sou, porque professor tem como uma de suas definições mais pertinentes a de: reservatório de idéias prontas. Depósito de clichês. Departamento de bobagens açucaradas. Setor de rancor e justas reclamações salariais e outras que tais.

Entre as idéias prontas do nosso reservatório, volta e meia retiramos, por exemplo: é preciso ler com prazer. Não sei. Sem dúvida, ler por iniciativa própria é melhor do que ler obrigado pela escola para fazer prova de múltipla escolha, prova em que aliás ninguém tem escolha nenhuma: há apenas uma resposta certa e muito mais chance de errar. Mas por iniciativa própria eu posso ler sempre o mesmo livro, o mesmo autor, a mesma frase feita, se não for provocado, instigado, cobrado, açulado. O prazer é uma demanda falsa, primeiro, porque ninguém, muito menos um professor, pode-se arrogar o direito de determinar ou administrar o prazer alheio, e segundo, porque não há prazer que se tenha dado fora da sombra da dor. O que me interessa, sempre, é isso: a sombra, e a sombra da dor, sem o que não há a menor consciência de realidade. Ou alguém acha que o poeta seria um fingidor, e fingiria tão intensa e completamente que chegaria a fingir que era dor a dor que deveras sentia se no lugar da dor puséssemos, por exemplo, o prazer? Sem chance. Prazer não se finge; prazer, no máximo, se macaqueia, com muitas caras e bocas.

Entre as idéias prontas do nosso reservatório, volta e meia retiramos, também: ler é preciso. Não sei. Ler é decerto boa metonímia da intenção maior de compreender o mundo e o outro, mas resta sempre a pergunta: compreender para quê? Para melhor dominar? Para saber como caçarnos uns aos outros com mais competência? Eu leio muito, sempre li muito, é claro. Mas, embora professor não tenha rabo, preciso inventar um para olhá-lo. Olhando o meu próprio rabo inventado, descubro que posso ter lido muito para melhor não viver, o que nem é tão mau quanto ler muito para melhor dominar e caçar o semelhante e o dessemelhante. De todo modo, a questão central não é essa.

A questão central é: o que fazemos com a liberdade a que estamos condenados? O que fazemos com a leitura a que estamos condenados? Se somos analfabetos completos ou apenas parciais, novamente, é de pouca importância; eu sou analfabeto em música, por exemplo, o que me deixa muito imperfeito, além de muito triste. Se o mundo e os outros e nós mesmos existimos para nós como texto, como coisa que se lê ou que lêem para nós, é preciso reconhecer a responsabilidade perante a leitura que fabrica, enfim, a realidade. O que é a realidade, novamente, senão a leitura que fazemos dela, ou que fazem dela para a gente? E o que é a leitura da realidade senão a língua? A língua cria realidade. A poesia, por sua vez, cria língua, como sabemos. Logo, é preciso assumir a responsabilidade perante a poesia.

Quando sonhamos, quando contamos uma piada ou inventamos um trocadilho, quando verdadeiramente fazemos silêncio, estamos escrevendo poesia e sendo poetas. Se a poesia é ruim, quer dizer, cheinha de frase feita e provocando apenas interjeições do tipo "ó, que bonito!", a vida se

136

amesquinha junto. Se a poesia é boa, provocando em nós e nos outros querer mais poesia, espanto e falta de ar, a vida se dilata junto. É simples assim. É difícil assim mesmo.

Gustavo Bernardo, autor de livros para jovens e de ensaios de literatura, doutor em literatura comparada, é professor de teoria da literatura da UERJ.

CONHEÇA A FUNDAÇÃO NACIONAL DO LIVRO INFANTIL E JUVENIL (FNLIJ)

SEMINÁRIOS

A **Fundação Nacional do Livro Infantil e Juvenil (FNLIJ)**, criada no dia 23 de maio de 1968, é a seção brasileira do International Board on Books for Young People (IBBY), órgão consultivo da Unesco. É uma instituição de direito privado, de utilidade pública federal e estadual, de caráter técnico-educacional e cultural, sem fins lucrativos, estabelecida na cidade do Rio de Janeiro.

Seu principal objetivo institucional é a promoção da leitura e do livro infantil e juvenil de qualidade.

Prêmios recebidos pela FNLIJ

Por suas realizações, a **FNLIJ** já recebeu os seguintes Prêmios:

– Medalha e Diploma de Menção Honrosa do Prêmio de Alfabetização da Unesco em 1984, pelo projeto *Ciranda de Livros*.
– Plaqueta de Honra da Bienal de Ilustrações de Bratislava, Eslováquia, 1987.
– Prêmio Estácio de Sá de Literatura do Governo do Estado do Rio de Janeiro, 1989.

- Prêmio Melhor Acontecimento Cultural de Literatura Infantil de 1994, da Associação Paulista de Críticos de Arte-APCA, pelo *Livro para crianças no Brasil*, em parceria com a Câmara Brasileira do Livro, 1995.
- Prêmio Jabuti 1997 – Amigo do Livro da Câmara Brasileira do Livro.
- Prêmio Estácio de Sá de Literatura do Governo do Estado do Rio de Janeiro, 2000.
- Medalha Tiradentes, concedida pela Assembléia Legislativa do Estado do Rio de Janeiro, 2001.

Centro de Documentação e Pesquisa (Cedop)

A FNLIJ investe prioritariamente em seu Centro de Documentação e Pesquisa, dando tratamento técnico especializado e informatizado com o objetivo de garantir a manutenção, implementação e disseminação do acervo de Literatura Infantil e Juvenil (24.000 volumes brasileiros e 11.000 estrangeiros) capaz de subsidiar as mais diversas ações de promoção de leitura.

O Cedop possui ainda uma coleção de 15.000 exemplares de periódicos nacionais e internacionais especializados em literatura infantil e juvenil, leitura, educação e áreas afins, além de monografias, catálogos, teses, relatórios, manuais, artigos de periódicos, vídeos, cartazes, fotos e material iconográfico.

Para atingir seu principal objetivo, a promoção da leitura e do livro infantil e juvenil de qualidade, a FNLIJ desenvolve várias atividades, contando com parcerias diversas para suas realizações.

Leitura e seleção de livros para crianças e jovens

A FNLIJ recebe das editoras as primeiras edições dos livros publicados, anualmente, para análise e seleção desde 1974. Depois de lidos os livros considerados de melhor qualidade são selecionados para fazer parte do *Acervo Básico,* criado em 1996 com o objetivo de orientar a compra de um acervo inicial por Secretarias de Educação, escolas e bibliotecas.

Desse Acervo Básico surge a Seleção *Altamente Recomendáveis.* São os dez melhores livros nas categorias criança, jovem, imagem, poesia, informativo, tradução (criança, jovem e informativo), cujos escritores, ilustradores, tradutores e editores recebem a láurea Altamente Recomendável, criada em 1975.

Prêmio FNLIJ

Foi em 1974 que a FNLIJ começou sua premiação anual, quando foi criado o Prêmio FNLIJ – O Melhor para criança, distinção máxima concedida aos melhores livros infantis e juvenis, que hoje conta com diversas categorias: jovem, imagem, poesia, informativo, tradução (criança, jovem e informativo), projeto editorial, revelação (autor e ilustrador), melhor ilustração, teatro, livro brinquedo, teórico e reconto.

Formação do educador

Os objetivos institucionais da FNLIJ visam contribuir para a formação leitora de crianças e jovens. Entendendo que essa é uma ação educativa e cultural, sempre mediada e promovida por um adulto a quem denominamos adulto educador. A FNLIJ, desde sua criação, investe na formação de professores e bibliotecários realizando oficinas, cursos, seminários, e prestando assessorias em entidades públicas e privadas. Realizou três congressos nacionais e um internacional sobre literatura infantil e juvenil. De 1972 a 1982 coordenou, para a Câmara Brasileira do Livro, o Seminário de Literatura Infantil e Juvenil realizado durante as bienais de São Paulo. Em 1974, durante o 14º Congresso do IBBY realizado no Rio de Janeiro com a presença de mais de 500 interessados de vários Estados, trouxe ao Brasil vários conferencistas estrangeiros, tornando-se um marco no País para a promoção de leitura pela literatura infantil e juvenil.

Desde 1997, a FNLIJ tem organizado o Seminário sobre Literatura para crianças e jovens, que ocorre nos anos ímpares, dentro do Congresso de Leitura do Brasil (COLE), da Associação de Leitura do Brasil (ALB), da Unicamp.

Entre em contato com a FNLIJ visitando o *site*: www.fnlij.org.br ou pelo endereço:

Fundação Nacional do Livro Infantil e Juvenil – FNLIJ – Rua da Imprensa, 16 – sala 1215 – 20030-120 – Rio de Janeiro – RJ. Tel: 21-2262-9130.

E.mail: fnlij@alternex.com.br

Os avanços tecnológicos e a rapidez da informação vêm marcando capítulos importantes de nossa história, e a leitura permanece um modo fascinante de conhecê-la, proporcionando inesquecíveis viagens do conhecimento e formando cidadãos do mundo.

Por essa razão, apoiamos o projeto *Ler é Preciso* de incentivo à leitura, coordenado pelo Instituto Ecofuturo, que é uma organização não governamental criada pela Cia. Suzano para promover o desenvolvimento sustentável no Brasil, e, desde o começo, o Salão do Livro para Crianças e Jovens, realizado pela Fundação Nacional do Livro Infantil e Juvenil – FNLIJ, nossa parceira na implantação de Bibliotecas Comunitárias em diversas regiões do Brasil.

O Salão do Livro é um evento fundamental para promover o debate e apresentar caminhos para as questões que envolvem o livro e a leitura no País.

Impressão e acabamento:
GRÁFICA PAYM
Tel. (011) 4392-3344